박경희 수필집

능소화는
또 피었는데

| 박경희 수필집 |

능소화는 또 피었는데

화사한 빛깔!
감추어져 있는 독!
그리고 힘찬 줄기의 생명력!
줄기에서 나오는 강한 발톱 같은 접착력과 화려함은
보이기 위함이지만 숨어있는 생명력은 가히 놀랄 만큼 강하다
이번 여름에는 기다림도 또 지나가지 않을까

지구문학

능소화는
또 피었는데

| 수필집을 내면서 |

길고 긴 여행처럼
미루고 미루다 부끄럽게
수필을 묶어 보았습니다
항상 밝고 맑은 글을 쓰고 싶었습니다
망설임에 머뭇거리기도 하였습니다
부족한 건 더 배우고 채우며 정진하도록 하겠습니다
응원과 격려를 해 준 가족과 친구들에게 고마움을 느끼며
첫 수필집에 많은 용기와 지도를 해 주신 김시원 선생님과
지구문학작가회의 회원님들께도 감사의 인사를 올립니다
앞으로 더욱 열심히 순수함을 잃지 않고
좋은 글을 쓰도록 노력하겠습니다

2023년 5월 하순 어느 날

3부

4부

5부

6부

1부

잃어버린 겨울

봄인가 착각할 정도로 포근한 아침이었다. 하루가 한 시간일 정도로 빠르게 지나가는 느낌이었다. 얼어붙은 겨울은 구경도 못해 보고 1월을 보내는 것 같다. 어릴 적의 겨울은 몹시도 추웠는데 포근해서 좋긴 해도 겨울은 겨울다워야 좋다. 겨울을 대비하고 준비해 둔 모피도 한두 번 입을지도 모르겠다. 우연히 지나가는 겨울도 아니건만 참으로 멋이 없는 듯하다. 꽁꽁 언 손과 발을 녹이던 일은 추억이 되어 버리고 봄인지 가을인지 참으로 야릇한 겨울의 나날이 되어가고 있다.

오늘은 무심히 지난날 겨울을 생각하며 어려운 사람들의 겨울나기가 고통이었던 시절이 떠올랐다. 기후변화로 인하여 지구가 몸살을 하고 있으니 아름다운 세상은 또 어떻게 변할지 의심스럽다. 하루에도 수많은 뉴스로 세상의 변화를 본다. 무기력해진 사람들은 점점 쉬운 것만 찾게 되고 복잡한 건 생각하지 않는다. 3분도 길다, 1분요리가 나오기 시작했다. 정보가 빨라야 살아남는다.

오늘은 머리 손질하러 평소 다니던 미용실에 들러 다듬고 오면서 옛날 생각을 하다니 나도 나이를 먹었나 보다. 미용실도 앉아서 손님 받는 시대는 이미 지났다. 예약과 정보, 검색 빠른 움직임만이 살아남는 듯하다. 변해 버린 시대에 따라가지 못하면 처질 수밖에 없고 말도 알아듣지 못한다.

날씨가 따뜻해서인지 철모르게 피어나는 꽃들도 있다. 버스창가로 따사한 햇빛을 맞으며 졸았다. 바깥구경을 하다가 지금 나는 행복한지 자신에게 물으며 갑자기 그런 생각을 하며 누리고 있는 지금의 현실에 감사하였다. 바람 쌩쌩 불어 춥고 옷을 껴입던 겨울이 옛날이라면 지금은 겨울이란 말이 어울리지 않을 정도로 겨울은 없어진 것 아닐까 하여 괜히 걸어둔 털옷을 만져 보았다.

사실 오늘은 여고동창들의 만남이 있는 날이었다. 동창친구들의 일정이 아파서, 일이 생겨서, 명절을 준비해야 해서 등등, 절반 이상이 불참이어서 모임이 취소되었다. 두 달에 한 번의 모임도 몇 번 빠지면 일 년이 후다닥 간다. 갈수록 점점 더하겠지, 마음은 아직 소녀 같은데 이젠 내 마음대로 약속도 지켜내질 못하는 것이다. 보고 싶은 얼굴도 자주 못 보면 멀어져 가는 것일까, 추워서 그래! 이젠 말할 수 없게 되었지만 모두가 마음같이 지키지 못하고 있는 것이다.

힘들게 화장하고 옷 차려입고 두 시간 만나 수다로 소식 주고받는 일이 즐겁게 생각하는 동창들이 따뜻한 겨울임에도 잘 만나질 못하고 있다. 한 동창이 수술을 준비하고 있다는 우울한 소식이다. 좋은 일이 많아야 따뜻한 겨울이다.

졸다가 깨어 보니 저녁인지 하루의 시간은 잘도 간다. 관심이 어디로 쏠리든지 뉴스감각도 험한 뉴스에 익숙해지고 산사태가 나서 실종되고 수없이 많이 쏟아내는 하루였다. 겨울은 어디로 간 것일까?

실종된 겨울을 찾습니다!

하늘에다 말해야 하나?

덜덜 떨어도 좋으니 춥게 해 주세요. 겨울이 도망갔어요!

잃어버린 겨울 추억 찾게 해 주었으면 좋겠다.

하루가 긴 듯 착각하며 오늘이 가기 전 짧아진 시간에 무엇을 할 수 있을까 생각해 봐야겠다.

지우개는 사랑이다

연필로 글을 쓰고 지우는 일에 지우개는 왕이다.

맘에 안 들면 지워 버리니까 그야말로 마음대로이니 필통 안에서는 없어서는 안 될 존재이고 특별하다. 지금이야 컴퓨터로 모든 걸 대신해 주지만 그 옛날 초등시절에는 필수품이었다. 필통 안에 가지런히 연필과 지우개는 배열부터가 달랐다. 맨 위칸에 자리 잡았으니 왕일 수밖에….

또 지우개란 울기도 해야 했다. 아이들은 면도날로 쪼개어 담았고 심하면 이빨로 물어뜯기도 하였으니 수난이 많았다. 지금도 지우개는 없어지지 않는다. 다양하게 활용되기 때문일까.

"내 인생에서 지우고 싶은 부분이 있다면 지우개로 지워 버려야지" 하는 노랫말도 있듯이 얼룩지거나 흔적을 없애 버리는 도구는 지우개이다.

머릿속에 있는 생각들을 지워 버리려면 어찌해야 하나? 지우개처럼 지워야 할까, 간혹 세상 사람들은 착각을 되풀이하며 산다. 내가 마치 왕처럼 모든 걸 마음대로 기획하고 또 실행하면서 실수는 되풀이한다. 사랑도 마찬가지로 기억 속의 모든 영상을 지우고 싶어 한다. 사랑을 하려면 언제나 지우개가 필요한 사람들도 있다.

새로운 사랑을 하려면 그 전의 나쁜 것은 잊어버리고 지워져야 하니깐 말이다.

그리고 보면 지우개를 달고 다니면서 모른다고 발뺌할 수도 있겠다. 사랑의 지우개란 아픈 기억을 없애며 흔적을 없애는 일이다. 그러나 깨끗이 지워 버릴 수 있다면 좋을 일이다. 새로 탄생하려면 자리를 비워둬야 채워지겠지만, 지우개를 들고 다니며 우리들의 아픈 기억들을 생각 안 나게 지워 버렸으면 좋겠다.

부모에게 사랑을 받지 못하고 자라면 판단도 흐려지고 부정적이 된다고 한다. 사랑을 받지 못하면 사랑할 줄도 모른다? 우리를 힘들게 하는 조건 중에 환경이란 것은 고약하게 평생을 지배한다. 피할 수 없는 환경적인 조건 속에 어떻게 성장하고 배우고 살아왔는지를 알게 된다. 내 마음대로 지우고 설정하고 정말 마음대로이다. 성공한 사람들은 실패를 맛본 사람이다. 실수를 거듭해야 새로운 물건이 나오듯이 창조란 실패와 실수를 수없이 해야 탄생한다.

머릿속에 지우개를 달고 다니면서 아니면 지우고 다시 저장하고 했으면 좋겠다.

　여자들은 아이를 낳은 고통을 잊어버리고 다시 아이를 낳는다. 아픔과 동시에 기쁨을 보기 때문에 그런다고 한다. 우리의 삶에서 모든 아픔과 고통들을 지우개로 싹 지워 버릴 수만 있다면, 언제든지 지우개로 지울 수 있는 삶의 고통과 흔적들을 깨끗이 지운다면 새로운 역사를 쓰듯 새로움으로 다가올 일이다.

　우리가 써내려가는 일기처럼 남겨지고 또 다시 쓴다. 되풀이되는 삶 속에 빛나는 일들은 빛이 날 것이고, 아픈 일은 남아 가슴속에 남겨질 일이지만 지우개가 선생님처럼 다가가 지우게 하고 새로운 살로 거듭날 것이다. 세상의 모든 것들이 사라짐에도 중요한 지우개는 선생님처럼 함께하고 곁에 붙어있어 늘 편안하게 해 주는 그런 마음으로 지켜보면서 지우개를 어떻게 쓸 것인가를, 문제를 해결해 주는 머릿속의 사랑 도구이다.

지키지 못할 약속

아무것도 우리의 삶에 보장된 약속은 없다. 오늘이 그러하듯 내일도 변함없이 똑같은 시간과 일이 주어져 있다. 소중하게도 삶의 연장을 찾는다면 꺼져가는 목숨을 살리는 거룩한 현장에서이다. 시간을 막연히 보내다 보면 나중에는 잡아도 있지를 않는 것이 시간일 것이다.

심심해서 돌아다닌다는 참 편안한 말을 하는 사람도 있다. 시간을 소비하고 있다니 참 편안한 사람일까? 아니면 한심한 사람일까?

아직도 많은 일을 하기에 부족한 건 시간인지, 노력인지, 게으름이라 생각하면 맞을 텐데 묘하게도 변명만 늘어놓기 십상이다.

나 자신도 거기서 벗어나지 못함을 인정한다. 며칠 전 오랫동안 알던 지인에게서 연락이 왔다. 살 만하고 쉴 만하니까 병이 왔다고… 그래서 뭐라 말해야 할지 좀 난감했다. 열심히 일하고, 모으고, 가정을 위해 살았는데 자신에게 있는 건 병든 몸이라고 하며 휴양하며 자신을 위해서만 살겠다고 했다. 과연 자신만을 위한 일이 뭘까, 이미 자신을 위해 헌신하고 살았다는 것은 아니었을까.

누구에게나 찾아오는 허탈함은 약해져 가는 몸에서 자신감을 잃어버리게 된다. 어릴 적의 친구를 삼년 전에 세상 밖으로 보낸 일이 있었다. 그 친구는 자신의 꺼져가는 생명을 알면서도 병원에서 나가면 좋은 곳 찾아다니고 옷도 사 입고 그러자고 약속을 하였다. 물 한 모금도 마시지 못할 지경이었는데도 우리는 약속만큼은 잘 지킨다는 우정으로 손을 꼭 잡곤 했었다.

어려울 때 서로 돕자며 내가 어려울 때 도움을 주었던 그 친구는 정말 어려워졌을 때 내가 그 말을 하며 쥐어주던 작은 성의에 눈물을 보였었다.

약속은 정말 지켜져야 하고 꼭 지켜야 한다. 그러나 우리에게 얼마나 많은 일들에 상심하고 버려지고 무심해져 가는지, 알면서도 지키지 못할 일들은 수없이 많다. 쉽게 약속하고 깨고, 다시 약속하면서 마음의 쓰라림을 맛본다.

다시 태어나면 이렇게 하고 싶다 저렇게 하고 싶다 하며 보이지 않는 미래의 약속도 있다. 부부간에도 다시 태어나도 당신하고 살겠다면 그건 약속이 아니라 다짐이지만, 그 한 마디에 좋아하는 미련함도 있다. 그렇다는 마음이지만 상대는 기분 좋아한다.

우리는 어느 사이 많은 약속을 하며 살아왔고 시간을 정하고 만나며 일들을 해 나간다. 약속은 금같이 소중하며 지켜야 나에게도 좋다. 성격상의 문제로 잘 지켜지지 않는 사람들은 일조차 미루는 형이다. 두고 보자, 다음에 보자며 반복을 하면서 또 미룬다. 답답한 건 지키려 하는 사람이지만 깨는 사람은 그만큼 자신에게도 도움이 되질 않고, 무능한 사람으로 보여질 수 있다.

약한 건 마음이다. 나도 수없이 지키지 못할 약속을 했던 일은 없었는지 뒤돌아본다. 약속을 지키지 못함은 거짓이 되고 피하지 못할 일이었다면 어김에 대한 분명한 표현이 있어야 한다. 물론 책임도 따르는 일이다.

아침부터 저녁까지 수없이 다짐하고 약속하는 일들 그리고 지키지 못하는 일에도 약속하고 자신에게조차 거짓말을 하게 되고 참으로 많은 일들을 약속만큼 지켜내지 못함이다. 수없이 반성하고 또, 반성도 해 보며 자신으로 하여금 피해본 사람은 없었는지도 생각해 볼 일이다. 부모 자식 간에도 약속만큼 소중한 게 없다. 요즘은 재산을 나누어 주면서 노후에 병들었을 때 모시겠다는 각서까지 쓰는 일이 생겼지만, 지켜지질 않아서 부모가 자식 상대로 소송을 거는 일도 잦은 걸 보니, 지켜지지 못하는 약속은 마음이 변해서인지, 세상이 변해서인지 모를 일이다.

　중요한 것은 지켜지지 않을 약속은 아무도 예상하지 못하므로 섣불리 약속을 하며 신뢰를 깨는 일이어서 신중히 생각하고 쉽게 약속을 하지 말아야 하겠다. 천천히 그러나, 판단은 빠르게 소중한 마음으로 시간을 정해 본다.

새로운 도전을 위하여

어르신! 올해 연세가 어떻게 되시는지요?

요즘 방송을 보면 의외로 장수하는 노인들이 많아졌다. 백수시대라 하여 백 살 넘는 일이 그리 쉬운 일이 아님에도 인구가 늘어나고 있다.

그만큼 의학이 발달하고 건강에 대한 관심이 높다 보니 식품부터 생활 패턴까지 달라지고 있다. 힘들여 음식 만들 필요가 없어졌고 그 시간에 다른 일을 하면서 레저 생활도 즐긴다. 뭐든지 주문만 하면 다 되는 세상이 되다 보니 시간이 많아진다. 참으로 편리한 디지털 세상이 되었다.

현대인의 고민은 어떻게 멋진 인생을 사느냐에 달려 있다. 청소년의 창업과 무서움 없는 도전, 끝없는 창조의 물결은 하루에도 생겼다 사라졌다 반복을 한다. 빠르게 적응하지 못하면 살아남기가 어려워졌고 노인들은 할 일이 점점 줄어든다.

종로에 나가다 보면 극과 극을 달린다. 노인들의 거리와 젊은이들의 거리는 마치 선을 그어놓듯 분류되어 있다. 나름대로 소비하는 패턴이 있다 보니 오히려 잘 정리되어진 모습처럼 모두 익숙해져 있는 듯하다.

많이 벌고 많이 쓰고 여행도 하고 레저 등 취미생활을 하며 봉사활동까지 한다고 생각하면 얼마큼 벌어야 할까? 젊은 친구들은 아직도 젊었고 노후는 먼 얘기라 당장 뒤처지지 않는 생활을 하려면 무리가 따를 수밖에 없다. 그러다 보면 결국 빚을 안고 노후까지 갈 위험도 생기는 것이다. 꼬박꼬박 저축을 하여도 집장만이 힘들어진다. 부동산 오름세를 따라잡지 못하다 보니 부모가 이루어 놓은 노후자금까지 써 버리게 되고 부모들은 직업을 찾아 다시 사회로 나가게 된다.

끝나지 않는 연속성이 자식까지 이어져 간다. 성실히 살고, 저축하면 부자가 되는 일은 어려워졌다. 젊은이들은 한 번의 성공과 대박을 꿈꾼다. 수십 년 근무하고 퇴직금 받기까지 회사를 다니는 일도 오래 가지를 못하고 있다. 부모가 되는 일에서 이제는 노인이 되어 거리를 나서는 그야말로 어르신들은 무슨 상념에 빠져 있을까. 행복해 보인다는 것은 자기만의 자신감으로 그렇게 보일 따름이다.

목표가 있으면 지루해 할 시간이 없고, 외로울 시간이 없다고 한다. 무엇보다 자기의 말을 들어주는 상대가 없을 때 제일 슬프다고 한다. 소외되는 듯한 무시함과 할 수 있는 일이 없어졌을 때 더욱 고립감을 느낀다고 한다. 사회성을 키우고 자신의 일을 찾아 무엇이든 도전한다면 시간이 모자랄 것이다.

백세까지 치매 안 걸리고 강의하는 교수님도 계시고 젊은이보다 더 강한 체력을 유지하는 노인들은 어디에서 오는 힘일까 생각해 보면 끝없는 도전과 실천, 지치지 않는 열정이 뒷받침이 있어서이다. 매일 새로 시작하며 자신의 몸을 건강히 하며 도전하는 정신야말로 새로운 것임을 새삼 느낀다.

거리로 나가 사람들의 걷는 모습을 보면 그 사람의 현재를 알 수 있다고 한다. 실패를 하더라도 지치지 않는 열정과 도전으로 살아 있음을 증명하고 결과에 상관없이 매일 새롭게 새로운 날을 시작해야겠다. 새로운 도전을 위해서는 어제의 일은 경험으로 쌓고 오늘을 기쁘게 보내다 보면 내일은 고민하지 않아도 되겠다.

나만의 생각도 자유이다. 그럼 그 자유를 만끽하려면, 지금 이 순간부터 새로운 도전이다. 정말로 어르신이 되기 전까지….

짙은 초록의 세상을 기다리며

언제 꽃이 피었지? 꽃바람이 불고 변덕스러운 봄날이 가버리면 항상 기다리는 짙은 초록의 물결이 다가온다. 미처 아물지 못한 상처들을 감싸주듯 자연은 조용히 위로와 편안함으로 색깔을 달리한다.

봄날의 계획은 어느 사이 시간 속으로 묻혀 지나가 버렸다. 시간을 돌릴 수 있다면 하지 못한 일을 할 수 있을까? 지나감은 그대로 사라지는 일이다. 시간이 별로 없다는 말은 어쩌면 핑계일지 몰라서 얼굴 붉어진다. 그 많은 봄날에 게으름만 피운 것 같았다. 마음 씀씀이도 넉넉하게 하였는지 생각해 보고 무엇을 위하여 오늘은 시간을 보내고 있는지 잠시 멈칫하여 놀란다.

오랜만에 소식 뜸한 여고동창들에게 전화를 하였다. 만나지 못함을 아쉬워하며 그 동안의 소식을 주고 받고 하였는데 마음은 여고시절로 뛰어간 듯하였다. 선생님 모시고 수다 떨어야 할 날을 기다리니 또 설레어졌다.

학교 교정의 느티나무는 잘 크고 있겠지? 향기 짙은 꽃나무와 선생님, 동창들을 생각하며 시간을 쪼개듯 추억 하나하나에 마음을 모아 두었다. 외국 나가있는 동창들의 연락이 온다. 우리 언제 만나는 거니?

계속되는 코로나19가 야속하기만 하다. 말도 많이 못하고 마스크 쓰고 다녀야 하니 답답하고 숨이 차다.

자꾸 시간은 가고 있는데 우리들의 시간은 얼마나 많이 남아 있는 걸까? 안타까운 소식도 요즘은 가끔 들리고 있다. 인생의 절반 이상을 애쓰다 노후를 맞는 것일까?

무엇이든 확실히 보장되는 것은 없는 것 같다. 무엇을 정리하기 시작하면 나이를 먹음이고, 하나씩 버리려고 하고 주변을 정리하기 시작하면 많이 살았다는 행동이라고 한다. 아직도 갈 길이 멀기만 한데 참으로 세월은 야속하기도 하다.

잠깐 외출을 하여 쇼핑을 다녀왔다. 소비하는 것만큼 즐거운 일이 있을까? 꼭 필요한 것만 사지를 않는다. 이것도 과소비인지 모른다. 그래도 순간 만족을 위하여 소비를 한다. 내일을 생각하는 것은 잠시이다. 소비는 곧 만족함이며 잠시 기쁨을 준다. 먹어서 없어지는 것도 배부름에 행복하듯이 오늘을 위함은 곧 내일이다. 자신 스스로 위로하고 타협하듯 하루를 보내고 있는 것이다. 정신 차리고 보니 하루 반나절이 휙 지나갔다.

곰곰이 생각해 본들 지나간 건 후회해도 돌아올 수 없다. 분명 아침에는 신나게 하루를 열거하듯 계획을 세웠다. 신문을 꼼꼼히 읽고, 뉴스도 챙겨보고, 오늘의 운세도 슬쩍 읽어 보았다. 봄날의 색상으로 옷도 차려입으니 그런대로 몸이 가벼웠었다. 이 기분으로 하루는 괜찮은 날이라고 생각하였다.

오랜만에 소리 높여 동창들과 얘기도 해 보니 기분이 좋아지고 살아 있음에 감사해 했다. 남은 오후를 위하여 즐겁게 보내야 하고, 기분 좋은 일과 하고 싶은 일을 해야 하루가 행복함이라 생각한다.

길을 걸으면서 거리에서 떠드는 사람들의 말이 들리지 않는 상태에서 집중하여 나의 길만을 걷는다. 왜 인사도 안 받느냐는 오해도 받으면서 가끔은 나만의 세계에 빠진다. 아무도 뺏어가지 않는 나만의 시간에 혼자 웃고 때론 허무해지기도 하지만 괜찮다. 행복한 시간은 몰두하는 시간인지도 모른다.

그러고 보니 어느 사이 벚꽃은 지고 자목련까지 져 버렸다. 흰 철쭉이 보란 듯이 화사하게 핀 아파트 담쪽을 쳐다보았다. 그래, 짙은 초록이 기다리고 있으니 행복하다고, 어느 사이 난 활짝 웃고 있었다.

새로움의 시작

"어머머~, 꽤 스타일리시하네요~~!!"

오래 전 것 같기도 하고, 새로운 것 같기도 하고, 유행에는 새로움이
있다지만 창작에는 옛것에서 새로움을 찾아낸다. 얼마 전 새로운 작
품이라고 뜬 디자이너 옷을 보았다. 그것은 명품이 되어 비싸게 팔린
다고 하였다. 자세히 보니 지나간 옷에서 떼어내어 새로운 조각 하나
를 붙인 것이었다.

유행은 돌고 도는 것이 실감나는 요즈음, 노래도 옷도 유행은 다시
옛것을 찾은 듯하다. 자기 몸에 맞는 스타일을 찾는 일이 옷을 잘 입
는 것이고, 유행을 따르려면 약간 변형하면 된다고 한다. 십년 이상
된 바지를 고쳐 입다 보면 유행은 정말 알 수 없는 일이기도 하다. 나
팔바지 일명 부츠 컷이 다시 자리를 잡고 통 넓은 바지가 거리를 휩쓸
고 다닌다.

좋은 세상 좋은 시대에 유행은 마치 날개를 달고 돌아다니는 것 같
다. 버리라고 하던 옷들이 다시 살아 여기저기 꾸밈에 쓰여진다. 알뜰
살뜰 살림 잘하려면 바느질을 잘하는 일이 우선이었던 시대, 지금은
기술자들이 대신 직업으로 수고해 주고 있다. 재봉틀이 혼수 1호였던

그 옛날 우리 어머니 시대에서 애환과 사연을 담았던 재봉틀은 가정에서 없어진 지 오래이다.

나 또한 어머니가 디자인하고 바느질하여 만들어주던 옷들을 지금 생각해 보면 그때의 어머니들은 기술자였나 보다. 너무나 쉽게 버리고 새 옷을 사 입는 우리는 바느질하고는 거리가 멀다. 오로지 신상에 매료되어 새로운 것만 찾는다.

아파트 옷 수거함에는 멀쩡한 옷이 수두룩 쌓여져 있다. 싫증나면 버리고, 한 번도 안 입은 옷도 꽤 보인다고 한다. 새로운 것은 항상 새 것이라야 한다는 법은 없다. 왜 새것이 좋을까 생각해 보면 새롭게 보이기 때문이다. 주름 하나 잡았을 뿐인데 새 옷 같은 기분이 든다. 다리미질만 해도 새 옷이다. 다리미는 나에게도 필수이다. 아무리 좋은 옷도 다리미를 거쳐야 멋지게 된다.

자꾸 새 옷만 사려 하는 마음도 새로움만 찾는다면 소비도 억제할 수 있을 것 같다. 청바지 길이를 줄여 반바지로, 긴 팔 옷을 줄여 짧은 소매 옷으로 활용하는 재미도 가져본다면 새 옷 사는 마음도 어느 정도 억제되지 않을까. 아무튼 우리는 새 것을 너무 좋아하게 되었다.

옷뿐 만이 아닌 모든 사물에서 새로움을 찾는 직업도 생겨났다. 그것은 옛 고물을 닦아 다시 판매하는 직업이다. 벌이도 괜찮다고 한다. 집에 묵혀 있는 것들을 싸게 사서 수리해 고가로 파는 직업이 요즘은 새로운 직업으로 뜨고 있다고 한다. 집안 구석에 있는 필요 없는 물건들이 남들에게는 유용하게 쓰여지길 바라면서 나도 집안 정리를 해봐야겠다는 생각이 들었다.

그냥 가져가도 반길 물건들이 몇 점 있다. 그러고 보면 요즘은 참 재미있는 세상이다. 나에게 필요 없는 것이 좋은 쓰임새로 쓰인다면 좋은 일이다. 오늘 난 신상 새 옷을 하나 또 사가지고 왔다. 아무래도 새 옷 욕심이 많은 것 같다. 참아야지 다짐하면서도 새것을 찾는 걸 보면 허영이 숨어있는 듯하여 깜짝 놀란다. 오로지 새로움을 위하여 애쓰는 모든 사람들, 나 같은 마음을 이해할지도 모르겠다.

이젠 참아야지 다짐해 본다. 그러나 또 새것을 좋아할지라도 모르는데 말이다. 새로움이 영원히 우리 곁에 머물며 유혹할지 모른다.

2부

하루 보내기

중간이란 말이 항상 편안하게 느껴졌었다. 지금은 뛰어나지 않으면 성공할 수가 없지 않은가? 그래도 살다 보니 중간이 좋은 건 그렇게 좋지도 나쁘지도 않기에 불안한 마음이 좀 희석된다고 할까.

부자가 금고를 지키려면 비밀이 많아야 한다. 많은 재산을 다 쓰지도 못하고 세상을 떠나기에 있으면 너무 많아도 걱정이 된다고 한다. 학교 공부도 상위권은 지키기 위해 항상 불안감을 가지고 노력해야 한다. 중간은 그래도 느긋한 편이다. 좀 더 잘 하기 위해 치열한 경쟁을 해야만 한다. 잘 살기 위해 우리는 어릴 때부터 경쟁을 하며 살고 있다.

경쟁 그리고 시기 질투, 요즘은 그런 생각도 희석되어 간다. 걱정하지 않을 정도로 살면 될 것 같은데 오래 생각하다 보면 어느 정도라야 될지 없는 사람은 의욕이 떨어지고 있다.

몸이 아프면 만사가 귀찮아진다고 한다. 아침이면 열심히 보따리 준비해 길모퉁이에서 장사를 하는 할머니가 있다. 그런 할머니를 보며 건강하니 일도 하는 것이라 생각하지만 그렇지가 않다. 쉬면 불안하단다. 스스로 용돈을 벌어야 편하다고 느끼기 때문이란다. 조금이라도 남기기 위해 애쓰는 모습이 측은하기보다는 대단해 보였다.

아름다운 마음을 가지면 모든 것이 좋아보이듯이 마음이 고아야 편하게 살 수 있다고 한다면 나쁜 마음은 못 살아야 하는데 더 잘 살고 있는 모습도 보인다. 속은 까맣게 타들어 가면서도 욕심은 끝이 없어 보인다. 뉴스는 온통 안 좋은 말들과 사건들로 얼룩진다. 알고 싶지 않은 연예인 사생활까지 시시콜콜 친절하게도 알려준다. 정말 싫다. 세상이 변해가도 변하지 않는 것은 무얼까 생각해 본다.

계절이 가을에서 겨울로 접어들듯 추워졌다. 아직 가을을 맞이하지도, 느껴 보지도 않았는데 찬바람이 불면 어이 하나. 외출도, 모임도 자제하다 보니 무기력해지는 게 사실이지만 편하게 느껴지는 건 의욕이 없어졌기 때문인지도 모른다. 가을이면 아이들은 부쩍 자라고 어른들은 늙어간다고 한다. 세월의 흐름을 누구도 막을 수 없지만 잘 동행하며 가야 한다.

지구가 몸살을 앓고 있단다. 우리 지구는 인간들의 파괴로 빨리 망가지고 수명이 짧아진다고 한다. 수백 년 수만 년 수억 년이 지나도 지구는 아름답겠지. 내가 살아 있는 동안 많이 보고 느끼고 생각하며 잘 살면서 자식에게 남겨져야 할 유산은, 재산도 있지만 올바른 정신을 남겨줘야 한다고 생각한다. 하루하루 시간을 조금씩 아끼면서 시간을 붙들고 싶다. 일을 몰아서 하면 병이 나겠지만 할 수 없다.

그동안 너무 쉬었고 정신을 잃어버린 듯 머리가 하얗게 느껴진다. 하기야 흰머리가 갑자기 늘었다. 세월을 무심히 보냈나 생각되니 갑자기 서글프기도 하다.

마음이 휑해진다. 마음을 고쳐 먹고 열심히 사는 사람들을 보며 반성한다. 스스로 주문을 외워본다. 어제와 다른 오늘, 오늘보다 나은 내일을 위하여 무엇을 남기고 갈 것인가를….

시간이 휙 지나 하루의 시간도 저녁이 되었다. 오늘 저녁은 맛있는 걸로 준비해야겠다. 하나라도 이루어내는 일로 하루를 마감해야겠다. 퇴근해 돌아오는 식구를 위해 열심히 일한 모습을 보여줘야지, 잘 살려면 잘 해야 하는 것처럼 마음도 오락가락 분주하기만 하다.

내일은 더 잘 살기 위해 그것은 삶의 질이 윤택해야만 행복한 시간을 보낼 수 있겠다 싶다. 마음이 바빠졌다. 하루의 시간이 결코 짧은 것도 아니고 길게 느껴졌으면 좋겠다. 그 많은 시간을 위해 기다림이 있고 희망이 있다.

한참 오래된 일들이 눈앞에 다가와 책망하듯 노려보는 듯하다. 조금씩 발전을 도모했다면 결코 후회 같은 건 안 하리라 잠시라도 반성을 하며 무한한 발전을 꿈꾸며 사는 것이 인생 아닐까 싶다. 노곤한 몸을 일으켜 세우는 의지 또한 있어야 한다.

오늘의 하루는 어떻게 보냈는지 스스로 물어보는 시간들이었다. 나뭇잎 색깔이 더 진해지기 시작하면 할 일이 없어질지도 몰라 바람이 더 차갑게 느껴지는 저녁이다.

행복한 사람

"살맛나는 일이란 무엇을 말할까요?"

질문을 할 때 잠시 멈칫해진다. 고단한 삶이란 힘들다고 할 때일 것이다. 자주 가는 아울렛이 있다. 그곳에서 기억을 잘해 주는 것이 좋을 때도 있지만 아주 좋다고는 할 수 없기도 하다. 기억해 주는 일이란 고맙기도 하지만, 썩 좋은 것만이 아닐 때도 있다. 어딜 가든지 기억을 잘해 주는 것은 인상이 남기 때문이라고도 한다.

가급적이면 유쾌하게 말하고 웃는 모습이 상대에게 호감을 주는 게 사실이다. 사람들은 남의 일에 궁금해 한다. 이를테면 어디에 사는지, 나이는 몇 살이고 하는 일은 무엇인지…, 지나칠 정도로 알려고 하는 것은 사람들의 공통점이다. 특히 나이를 드신 어르신들이 더 궁금해 한다.

"왜 물으시지요?" 하면 당황해 한다.

알려고 하지 말자. 보이는 대로, 느끼는 대로 궁금해 하지 말라고 하고 싶다. 잘 살아왔든, 고생을 하였든 간에 누구나 힘들 때가 있다고, 고생을 하면 더 늙어 보인다고 할 수도 있지만 아니기도 하다.

얼굴만 번지르르한 사람들도 많다. 뭐가 궁금했는지 나도 질문을 받을 때가 있다. 웃음으로 답할 때도 있고 그냥 지나치기도 한다. 남의 일에 너무 세세히 알려고 하는 사람은 나쁜 버릇이다. 자기 일에 열중하다 보면 남의 일에 궁금해 할 여유도 없는 것이다.

오랜만에 동창들을 만나면 만나는 즐거움만 가지면 되는데 시시콜콜 알려드는 친구들도 있다. 가정에서부터 재산증식이나 자식까지 걱정을 해 주는 일은 쓸데없는 일임에도 공유하기를 바란다. 그런 얘기를 하지 않으면 무슨 재미일까 하면서….

행복한 시간은 내가 하고 싶은 일을 할 때이다. 정말 좋아하는 일을 할 때라고 본다. 그래야 행복해 보인다고 말할 수 있겠다.

하늘이 맑다. 맑고 청명한 하늘을 보면 몸도 기분도 좋아짐을 알 수 있다. 마음은 묘하게도 자주 변덕을 부리겠지만 그건 순전히 날씨 탓으로 돌릴 때도 있다. 기분 좋으려면 우선 내가 상대에게 부담스럽지 않아야 한다. 길을 가다보면 거북스런 복장을 하고 다니는 사람을 볼 때가 있는데 자신은 최고의 치장을 했을지 몰라도 보는 사람은 눈길이 곱지가 않다.

오늘은 경쾌한 마음과 걸음으로 두 시간 정도 외출을 하였다. 두통도 없어지고 몸도 가볍게 느껴졌다. 쇼핑도 좀 하였는데 새것을 사는 마음은 항상 즐겁다. 잠깐이라도 기분을 전환시키고 나니 할 일이 많아졌다. 날씨가 추워지면 마음도 을씨년스러워진다.

마음이 따뜻해져야 춥지 않다. 행복하냐고 물으면 우리는 잠시 멈칫한다. 웃음이 있으면 행복한 거다. 고달픈 인생도, 화려한 인생도 삶은 모두 겪고 사는 것이 인생 아닌가 싶다. 부족함이 있으면 채워가며, 남으면 나누어주면 된다. 나누기를 못하는 사람은 행복해질 수가 없다. 좋은 팔자란 없다. 조금씩 고민하며 애틋하게 사는 것이 삶의 부분이다.

"당신은 행복한 사람입니까?"

이런 질문에 부담스러워 하지 말자. 몇 번이고 물어보는 사람은 자신의 행복을 의심하는 것이다. 제발, 두려워하지 말자. 자연스럽게 보여지는 것이 좋다.

행복한 사람은 웃음이 있는 얼굴로 인사하는 사람이다. 행복해져야겠다. 오늘도, 내일은 분명 더 좋은 일이 생길 것이다.

하루의 위대함

이상한 일이었다. 어제와 오늘이 분명 다른데 같은 일만 계속되는 것일까, 생각을 달리 해도 분명 오늘은 어제와 다르다. 푸릇푸릇 봄의 기운들이 넘쳐나는 요즈음, 눈은 침침해져 가고 몸도 둔해졌다. 확실히 움직임이 적으면 활기도 줄어든다.

모처럼 시원한 길을 걸었다. 마음의 밝기도 더해져 어느새 몸이 가벼워졌다. 크게 웃고 떠든 적이 언제였는지 나도 모르게 목소리가 커져 있었다. 오늘이 아니면 안 되는 것처럼 주위가 소란스러워졌다. 만남의 일이 거창한 행사처럼 그리 중요한 일도 아닌데 말이다. 기분 좋은 저녁을 하고 바람을 스치며 걸으니 얼마만의 일이던가, 새삼 하루의 기쁨이 느껴지기도 했다면 과장된 표현일지도 모르겠다.

하루의 일상에서 오늘의 기쁨이 내일도 같기를 바란다. 요즘 마음이 심란해졌다. 알고 지내던 후배들이 먼저 가다 보니 슬픈 마음보다 같이했던 시간들이 사라지고 없어지는 것 같았다. 가슴에 뜨거운 눈물이 솟아올랐다. 그렇게 시간은 가고, 나 또한 언제일지 모르나 그러한 날들이 오겠지만 아직은, 아직은 아니잖아, 하면서 머리도 멍해져 옴이었다.

아름다운 봄날에 해야 할 일들이 많은데 숙제를 남겨놓고 떠난다면 남은 사람들은 회상하며 오늘을 살 것이다. 소식이 뜸한 친구에게 안부도 물어보며 살아있음을 다행이라 여겨야 할지도 모르겠다. 정신을 차린다는 말이 실감나게 느껴진다. 아침에 일어나 정신이 맑지 못하면 하루 내내 머리가 무겁다. 혹시, 어디가 잘못 되지는 않았을까 괜히 지레 겁도 난다. 건강을 생각할 때가 온 것이다.

'찬 것은 먹지 마세요, 이것저것 챙겨 드세요,' 주위에서는 건강에 대한 정보로 가득하다. 그래야겠지. 그래도 씩씩하게 살려고 하고 있다. 한 번 혼이 나서일까, 특별히 챙기고 유난 떨고 싶지 않아서일까, 마음이 편해야 몸도 좋아질 것이다, 하고 생각하고 있다.

무언가 골똘히 생각하고 집중하다 보면 사는 것의 의미가 뭘까 느껴지고 안타까운 마음은 끝이 없다. 오늘은 이래서 좋고 내일은 내일대로 좋다면, 하고 싶은 것 미루지 말고 해야 하는 것이 제일 아닐까. 모처럼의 외출에 이것저것 생각하며 돌아오는 내내 마음의 교차로 혼란스러웠다.

나의 존재감이 느껴지도록 철저히 하루를 살아야겠다. 그래서 다음

날 아침에 새잎이 돋는 화분의 꽃들을 보며 생기를 잃지 않으려고 애쓴다. 물기 촉촉한 줄기에 힘이 솟아나도록 흠뻑 물을 주며 나 또한 살아있음에 감사하며 귀하고 소중한 오늘을 디자인해야겠다고 마음을 다진다.

기억 속에 묻혀 사라져가는 모든 것들을 붙들고 있으면 무엇 하나 남겨진 소중한 추억도 한순간에 사라짐을 안다. 음악소리 높게 틀었다. 기분전환에는 역시 음악이야 하면서…. 늘어진 몸을 긴장해 본다. 기억력을 좋게 하는 것은 열심히 일하라는 뜻으로 알면서 한순간 놓지 않으려는 일들이 있으면 기록해 둬야겠다.

요즘에 와서 깜박거림이 좀 있다. 생각이 많아서일까, 단순해짐이 편하게 사는 일들의 하나라고 고집 부려 본다. 계획을 하고 실행하려면 왜 그리 복잡한지 하나만 우선 해 보고 그 다음을 하면서 아직도 시작해 보지 않은 일들에 도전을 해 봐야겠다. 물론 단순함을 가지고서이다.

오늘 하루는 대단하다. 하루의 위대함에 놀란다. 많은 일들이 생기기 때문이다. 우선 정리부터 해야겠지…, 항상 생각보다 앞서는 것이

43

행동이려니, 우리에게 일어나지 않은 일들을 생각하며 일어날 일들에 감격해 한다.

잘 걸어다님을 행복해 한다. 대단하지 않았던 일들이 무척 소중하게 느껴지고, 대단하게 느껴진다. 새들의 노랫소리가 너무 좋다며 마음이 어느 사이 자연으로 돌아간 듯하다. 시끄러운 뉴스보다 아름다운 경치를 보며 마음을 달랜다.

정말 오늘 하루는 위대했다. 그 많은 생각에 날개를 달아 여행을 많이 했기 때문이다. 여행은 언제나 설렌다. 마음의 여행은 하루만이라도 행복하였다.

내일 또 다시 다른 여행을 꿈꿔야지, 하면서 하루를 끝낸다.

화려한 외출

　화사한 햇살에 피부가 간지럼을 느끼는 아침을 열었다. 꽃은 피고 지기를 시작하여 목련은 이미 땅바닥에 누웠다. 힘들게 돌아온 시간 들이 멈추고 계속되기를 하면서 시간이란 묘하게도 흐름의 순간을 일 깨워 준다. 그동안 쌓여있던 찌꺼기를 분해라도 하듯 땅은 움직이고 있었다.

　게으름을 뒤로 하고 정신을 차려 본다. 움직이지 않았던 시간은 끈 적이는 물질 같다. 봄의 향연은 화려함으로 시작하면서 마음을 흔들 어 놓는 것 같다. 움직여라, 역동하는 것들을 따라가야 뒤쳐지지 않을 성 싶다.

　생활의 단조로움을 우리는 지루해 한다. 그러나 얼마나 다행한 일인 지 생각해 보면 감사해야 할 일이 많음을 알게 된다. 아프지 않고 숨 쉬고 산다는 것에 정말로 행복함을 느껴야 한다. 건강한 몸을 위해서 부단히 애쓰는 사람들은 그 결과물에 행복해 하며 삶을 누린다. 아픔 의 시간이 있어야 치료함에 고마움을 느끼게 된다. 누구든지 겪어봐 야 아는 건강함은 부지런해야 누릴 수 있다.

　모처럼 아파트 뒤 공원을 걸었다. 벚꽃이 피고 지기를 하고, 복숭아

꽃도 지고 있었지만 공기가 신선하여 좋았다. 두어 달 전부터 세계적으로 유행하는 바이러스로 생활 패턴까지 달라진 지금은 그 전의 활보하던 시절이 그립기까지 하다. 아침부터 부지런히 집안을 치운 다음 옷 정리하면서 외출을 생각한다. 뚜렷이 갈 곳이 있어서가 아닌 몸 단련을 위해서이다.

얼굴을 보니 화장할 필요도 없고 가려진 마스크는 마음을 어둡게 한다. 옷만 새로이 갈아입은들 기분은 나지 않는다. 이런 기분이 요즘의 일상이 되어 버렸다. 마스크 하나로 모든 패션이 없어진 것이다. 요즘은 색다른 패션으로 꽃 마스크를 만들고 모양을 내고 싶어 하는 사람들도 생겼다.

답답함도 즐겨야 하지 않을까, 그런지도 모르겠다. 오늘은 왠지 그동안의 외출을 생각해 보았다. 만남이 있는 곳, 움직이는 곳에 즐거움도 있다는 것을 알게 해 준다. 사회적 동물은 움직여야 한다. 사람이 움직이지 않으니 동물들이 자기 세상 만난 듯 돌아다닌다고 한다.

갇혀 있다는 것이 얼마나 힘든 것인지, 변화하는 세상에 분위기도 달라졌지만 앞으로의 우리의 삶이 더 걱정이 된다. 파괴하는 자연은 얼마나 무서운 일이 생기는지 멈추지 않는 인간의 이기심은 계속되고 있다. 질병은 누가 만드는 것일까!

손이 거칠어지도록 소독제를 발라가며 또 하루를 보낸다. 우리에게 없어서는 안 될 기초생활까지 위협받고 있음에 모두가 긴장해야 한다. 힘들었던 몸의 고통을 이겨내었을 때 그 어려움을 또 잊어버리는 게 사람이다. 인내심을 기르고 판단은 정확하게 앞을 내다봐야 한다. 어리석음을 저지르는 것은 우리의 특권이 아니다.

하루의 고단함을 잠으로 보충할 때 행복함을 느낀다. 불면은 모든 것을 깨뜨리는 적이기 때문이다. 걸음걸이에서 건강함을 본다. 힘차게 내딛는 발걸음이야말로 행운이며 행복함이다.

나이를 먹음을 두려워하지 않는 것이 좋다. 밝은 마음이 오늘을 살게 하고 내일을 있게 한다. 거울을 보니 흰머리가 많아졌다. 나도 늙어 가는구나, 요즘에 와서 괜히 우울해지고 감정의 변화가 심했다. 권태감도 성격에서 오는 것일까, 아니면 인체 호르몬 때문일까!

이런저런 생각에 마음이 불편하였지만 바로 잠는 순간에 새로움은 새로운 마음이다.

목련꽃잎이 처량해 보여도 할 일을 다 하는 것처럼 꽃이 피고 지고 변함없이 자연은 있는 그대로를 보여준다. 게으름에 지치지 말고 새로움에 희망을 걸어야 하겠다. 옷 다림질을 매일 하면서 느껴보는 하루의 기대감은 오늘의 순간을 즐기는 일이다. 내일은 정말로 화려한 외출을 해봐야겠다.

비가 온 뒤의 맑음을 생각하듯 하늘이 흐리다고 마음까지 회색은 아니니까 고운 색을 입히고 단장하는 여인처럼 기다림도 괜찮은 일이다. 힘주어 오늘도 다림질을 해야겠다.

7월의 청포도, 그리고 생각나는 것들

깜짝이야!

아침에 일어나 마당으로 나설 때 길쭉하고 이상하게 생긴 들짐승 두 마리가 갑자기 내 눈앞에 나타났다. 이 친구들이 족제비라는 것을 방송 다큐멘터리에서 보아 와서 알아볼 수 있었다.

우리 가족이 서울에서 이사 온 강화도 불은면 전원주택에서 7년간 살았을 때 일어난 일처럼 특별한 일들이 좋은 추억으로 주절주절 떠올라 이를 소재삼아 글을 쓰고 있다. 족제비의 실물도 그날 처음으로 가까이서 보게 된 것이다.

그런데, 어머나 놀랍게도 먹고 있는 것이 익어가고 있는 청포도였다. 이솝우화에 나오는 여우가 포도를 먹고 싶어 침을 흘렸다는 이야기는 들었지만 족제비가 포도를 먹는다는 것은 그 일 전후 내 주변 누구에게서도 들어본 적이 없는 기이한 장면을 보게 된 것이다.

지인인 동물학 박사님에게도 물어보았는데 식육목인 족제비는 개구리, 곤충, 물고기, 닭, 뱀 등을 먹는 육식동물이라는 것이다. 그런 족제비 두 마리가 싱싱한 포도 알을 힘들게 농사한 우리보다 먼저 시식하고 있었던 것이다. 새콤달콤하기도 하고 신맛도 나는 덜 익은 청포

49

도를 먹고 있는 모습을 한참 지켜보고 있어도 도망가지 않았다. 마을 사람들에게 이미 익숙해졌거나 아니면 내가 해코지를 안 할 사람으로 믿고 있는 것인지, 덕분에 내가 좋아하는 자연 다큐멘터리를 생생한 4D 입체로 감상할 수가 있었다.

이 녀석들의 대가리는 아주 작았는데 그 좁은 상판에 눈, 귀, 코, 주둥이가 다 달려 있는 것이 신기할 정도였다. 항간에서 말할 때 얍삽하게 보이는 사람을 왜 족제비 같다고 하였을까? 하는 의문은 실물을 직접 보면 '아하 그렇구나' 하고 느낄 수 있을 바로 그런 모습으로 두 녀석은 내게 첫인사를 하였다.

그런 대가리에 비해 유난히 긴 꼬리는 매우 탐스러웠다. 붓의 재료로는 황모라 하여 최고가 아니던가! 둘이 형제 아니면 부부였을까? 그후로도 한참이나 사이 좋게 잘 붙어 다니다가 어느 날 밤에 밖이 소란하여 나가 보니 서로 캥캥거리며 싸우는 살벌한 모습을 보인 뒤 다시는 나타나지 않았다. 어미 족제비가 다 큰 새끼를 독립시키기 위해 정을 떼려고 그런 것이라는 친절한 이웃 영감님의 귀띔으로 한 수 더 배우게 되었다.

　서울에서 태어나고 자라 자연을 접하는 일이 드물었던 나에게 시골 전원생활은 이 모든 것이 다 새로웠다. 지붕 아래 섬돌에는 돌절구를 갖다놓고 그 속에 물을 담아 우렁이도 기르고 옥잠화도 넣어두었다. 잔디를 심은 앞마당에는 다래나무 마른 가지를 소나무에 걸쳐 놓았다. 다래나무는 고양이과 동물들이 좋아하고 이 나무 곁에서는 녀석들의 까칠한 성질도 온순해진다고 한다. 그래서인지 우리 집 마당은 아예 온 동네 고양이들의 놀이터가 되었다.

　소나무를 심은 사이사이에는 큰 돌을 주워다 놓았고 틈새마다 갖가지 야생화도 옮겨 심었다. 집 주위로 계단식으로 돌을 쌓고 그 사이에는 장미와 온갖 야생초를 심어 놓으니 그럴싸해진 전원 풍경이 되어 지친 나에게 마음의 안식과 평화를 안겨 주었다.

　어느 날은 꿩이 우르르 새끼를 거느리고 우리 집 뜰에 마실 왔다. 귀여워 기르려고 꺼벙이 한 마리를 어렵게 잡았더니 까투리는 새끼 없어진 줄 알고 떠날 줄을 모르고 다음날도 집 주위를 맴돌고 않지 않은가. 안절부절 못하는 모습에 짠한 모성애를 느껴 다시 돌려주니 휭하니 새끼들을 떼밀고 뒷산으로 사라졌다. 한낱 날짐승도 새끼 사랑이

저리 지극하니 자식들에게 좀 더 잘해 주어야겠다는 반성도 하게 되었다.

안개가 자욱하고 날씨가 흐린 날은 동물의 울음소리도 왠지 처량하게 들렸다. 그런 날 밤이 되면 솥이 작다고 우는 소리, 소쩍새가 '솥쩍! 솥쩍!' 슬피도 울어 제쳤다. 며느리가 시집살이하며 작은 솥에만 밥을 하게 되어 제 몫을 못 먹어 배고파 죽은 후에 소쩍새가 되었다는 전설도 있다지. 그래! 슬프지만 들어줘야지. 논두렁 물가에서도 참개구리, 두꺼비, 청개구리들까지 합세하여 그 울음이 범벅이 되어 이곳 여름밤은 그야말로 시끌벅적하였다.

아침에 일어나 마당에 나가 주위 생물들과 중얼중얼 이야기를 하게 되었다. '얘들아 잘 잤니?' 하면 내 목소리를 알아듣고 멀리서 '야옹~' 뛰어오는 고양이들이 제일 먼저 나를 반겼다. 우리 집 지킴이 견공들은 비록 잡종 진돗개들이지만 준수한 외모로 미돌이, 미미, 미순이 등 미자 돌림으로 이름을 붙여주었는데 개를 기르기 시작하고는 먹이 챙겨주고 똥 치우는 등 개 치다꺼리가 더해져서 한층 바빠졌다.

우리 집 스피커로 음악을 틀어주고 음식잔치도 하며 동네 사람들과

늘 어울리고 살았다. 동네 어른 한 분은 늘 동이 트는 꼭두새벽부터 농사일을 시작하였는데 그 때 털털거리는 경운기 소리에 처음에는 아침잠을 설쳤지만 새벽을 알리는 알람시계라고 생각하자 점차 아침형 인간으로 생활이 바뀌게 되었다.

그 후에 집안 사정으로 서울로 복귀하게 되었지만 7년간 살았던 전원생활은 귀한 교훈을 주었다. 성취하기 위해 땀을 흘려야 되고 정성도 쏟아야 하며 그 무엇이든지 그냥 얻어지는 것은 없다는 진리를….

지금처럼 청포도가 익어가는 7월에는 족제비 두 마리가 생각이 난다. 아직도 그 곳에는 청포도가 주절이 익어가고 있을까?

10월의 기억 속에

날이 한결 시원해져도 왜 그리 땀이 나는지, 무엇을 정한 날에는 마음이 더 바빠진다. 몸이 미처 말을 들을 시간도 없이 울긋불긋 산야를 돌아본 다음 생각의 늪에 빠져든다.

가야 할 길은 멀어도 마음은 앞서간다고 했나. 괜히 이리저리 생각하다 보니 한 달의 절반은 또 지나간다. 미처 하지 못한 일들이 산적해 있는데 마음만 바쁘다. 누가 그랬나? 인생의 절반 이상을 살면 그때부터는 정리하며 살아야 한다는 것을…, 나에게도 그런 날들이 다가오는 것은 아닐까 섬뜩해진다.

이 순간 생각나는 것은 나의 어머니다. 어머니는 무척 자존심 강하고 흐트러지는 모습이 없었다. 강인한 모습에 성격조차 그러했다. 요즘 돌아가신 어머니의 얼굴이 자주 보인다. 나에게 무슨 교훈을 주려 함인지 질책함인지 알 수 없지만 자꾸 나타나신다.

어린 시절 말이 없어 답답했다는 나는 사람들에게 말이 없는 아이로 각인되어 있었다. 크면서 달라졌다 한다. 생각이 너무 많으면 피곤한 것 같다. 가을이 되어 나뭇잎이 색을 바꾸면 마음도 감성적이 되는 것은 누구에게나 있는 일이다.

많이 힘들었다. 그토록 많은 해의 가을을 맞이하고 보내기에는 애태움과 그리움, 허전함이 있었다. 가장 좋았던 시절이 언제일까, 철이 없던 때가 좋다고들 하지만 벼가 익듯이 인생의 고락을 느껴본 다음에 찾아오는 평화라고 할까. 그래도 아프지 않은 몸이 제일 편하고 행복한 일이다.

아프면 만사가 다 귀찮아지는 법이니까, 건강관리를 잘 하려면 우선 스트레스를 받지 말아야 한다. 어울리지 않는 자리에는 가지 않음이 좋고 긴 대화가 필요 없는 자리는 서둘러 떠나면 된다.

자기 관리란 스스로 자각할 때다. 10월의 중간에 더더욱 잊지 못할 기억을 꺼내어 펼쳐보면 황금 같은 소중한 시간들이 아쉽기만 하다. 잊고 있었던 사람이 연락을 해 오고 오랫동안 소식 없던 친구가 안부를 묻기도 한다. 이 가을에는 또 어떠한 추억을 저장하게 될까, 생각해 보니 벌써 새로운 일을 하고 있는 나를 발견한다.

집안에서 웃음이 떠나지 않을 때가 행복하고 음악소리가 들릴 때 더 편안함을 느낀다. 아들이 튕기는 기타소리가 옆에서 즐거움을 더한다. 취미를 가지려 할 때가 더 좋은 일이기도 하다. 근심 걱정을 한다고 해결되지 않는 우리의 인생길에 고민은 또 다른 고민을 불러온다.

바람이 불면 싱숭생숭해진다. 철없는 아이처럼 나도 아직은 철이 없나 보다. 가을이 좋아 가을에 결혼했던 나는 몹시도 가을을 탄다. 웃음이 가득한 소녀시절에도 창밖의 가로수에서 눈을 떼지 못했고, 뒹구는 낙엽에도 속삭였다. 누구를 만나 행복해질 것인지 미리 알 수는 없었을까, 누구나 하는 공상이었지만 참으로 좋은 시절 혼자 성숙한 체하였던 것 같다.

일상의 추억들이 차곡차곡 쌓여 커다란 즐거움을 전해 주기도 한다. 고통스러웠던 시간은 생각하고 싶지 않다. 그런 시간들은 마음이 답답해져 온다.

지금의 가을을 생각하기로 하자 기쁘고 즐거운 일들이 내 옆에서 웃고 있다. 그 잔잔한 기쁨과 행복스런 일들에 감사하고 싶다.

나의 10월! 잊지 못할 기억들에 푹 빠져 깨어나지 않았으면 좋겠다. 이 가을에도.

3부

가을을 만나며

　지나간 시간의 흐름보다 내일을 위하여 오늘은 뒤적뒤적 살림살이를 정리하기 시작했다. 가을의 바람이 한결 간지럽게 느껴지던 어제 걸음걸이도 달랐다. 아침부터 새소리가 요란스럽다. 먹을거리가 많아진 것일까, 시끄럽기까지 하다.

　문득 스쳐 지나가는 일들이 언제나 좋은 추억일 수는 없겠지만 그래도 요즘 나는 참으로 행복한 시간을 보내고 있다. 병원에 가지 않으면 좋은 일이고 마음도 가벼우면 정말 날아가고 싶은 충동이 인다. 앞으로 인간들은 양쪽 팔에 모토 엔진을 달고 날아다닐 것 같다.

　앞으로의 시간이 더 중요하겠지만 걱정하고 싶지 않다. 우리가 살면서 얼마나 많이 걱정하고 근심하며 살고 있을까, 그렇게 산다고 특별히 달라지는 것 없다. 현재에 충실하며 깊이 생각하고 결정을 하고 했겠지만 만족할 수는 없다. 참으로 다행스럽게 큰 모험을 하지 않으면 된다. 누군가 그랬다. 삶이 달라지길 원하는가? 그럼 당장 생각하는 것을 실행하라고 한다. 아무것도 하지 않으면서 달라지는 내일을 상상한다면 그건 행운을 바라는 일이다.

　그런데 참으로 어리석게도 잠깐 동안이나마 꿈을 꾼다. 문득문득 지금의 순간보다 지나간 추억의 시간에 한참 생각에 빠져들곤 한다. 열심히 공부하던 시절 누구를 위해서인가, 인생의 절반을 겪어보면 남은 인생은 잘 살 것같이 느껴졌다. 내일은 더 좋을 거야 하면서…. 누구나 똑같이 가는 인생이지만 같이 공유한다는 것은 나누는 마음에서 오는 지배적인 것들이다. 나에게 도움을 주었던 사람들에게 고마운 마음을 전하면서 나쁘게 했던 일들은 잊어버리며 가을의 바람이 겨울을 위한 생각하는 시간이라면서 생각나는 일들에 참으로 소중한 시간이었음을 알게 된다.

내가 가장 아끼는 것은 무엇일까. 집착하지 말자. 물건에 탐내지 말자. 정말 가지고 싶은 것은 무엇일까 생각해 보면 다 부질 없는 일이다. 순간순간 만족하는 마음뿐일 것이다. 열심히 사고 싶은 것을 사들이는 것은 맛있는 것을 먹었을 때의 배부름 같은 걸…, 수십 년 전에 우리는 어떤 시대였는가. 참으로 놀랄 만큼 변해 가고 편리해진 만큼 더욱 인심도 이기적이며 무서워지기도 한 세상이 되었다.

어찌 되었든 우린 지금 좋은 세상에 살고 있다. 지나간 일들을 생각하면 내일의 달라지는 일들에도 추억이 될 것이지만, 어릴 적 친구들은 지금의 나보다 어릴 때의 모습과 행동에 익숙해져 있어서 만나지 않으면 어색할 때도 있다. 친구의 늙어가는 모습에서 나를 발견하라고 한다. 서운한 마음은 금방 풀 수 있어서 어릴 때의 친구가 좋은 것이다.

시간 여행이란 내가 느끼지 못하는 시간에 모든 일들이 일어난다. 꿈을 꾸는 것 같다. 어쩜 우리는 기나긴 꿈을 꾸며 달리는 열차에 몸을 싣고 달린다. 내가 좋아했던 일들과 사람들 시간은 흘러가고 어제의 내가 오늘은 달라지듯 생각은 있으나 행동이 따르지 못한다. 열심히 산다고 말하면 무엇이 열심일까?

정직하고 진솔하게 당당함으로 산다고 해도 자신이 부끄러울 때도 있을 것이다.

인생에 있어서 좋은 선생님을 만난다는 것은 큰 행운이다. 가르침을 준 선생님들의 좋은 말씀과 가르침을 잊지 않아야 한다. 가을의 하늘은 청명하고 깊은 생각에 빠져들게 한다. 나뭇잎의 색깔이 변해가고 잎사귀는 시들어 떨어진다.

인생 100년 이상을 살고 있는 철학자가 쓴 글을 보니 가장 소중했던 시간은 다 똑같으며 철이 들었을 때는 인생 중반을 넘긴 60부터라 하였다. 하고 싶은 것은 당장 실행하라. 그래야 달라진다는 말은 서둘러야 되는 건가. 가장 성공한 삶은 하고 싶은 것을 하였을 때라 하나, 우리의 인생에 실패란 큰 경험을 하고 싶지는 않을 것이다.

차일피일 미루다 아무것도 하지 않는 어리석음만 피해 갔으면 좋겠다. 억지로 웃지 않으며, 진실을 피해 가지 않으며 나쁜 일들이 없기를 모두가 바라는 마음이다. 왜 이 가을에는 지나간 일들이 생각이 많이 나는지 모르겠다. 여고시절 고궁의 의자에서 친구들과 깔깔대며 놀던 때가 어제의 일같이 생생하다.

이번 가을에는 놓치지 말고 만나고 싶은 사람들과 하고 싶은 일들 중에 하나는 꼭 해야겠다. 너무나 좋았던 그때는 언제일까. 일년 내내 코로나19라는 바이러스로 생활환경도 달라지고 있으니 참으로 가혹한 가을이다. 모든 일을 실행하기 위해서는 나의 건강이 우선이라 열심히 걷고 있다. 나타냄으로 보여주는 것은 언제나 있는 그대로이다.

이 가을을 붙들어 말하고 싶다. 천천히 아주 천천히 길게 가을을 남겨 달라고 매달려 봐야겠다.

오래된 이불

계절이 바뀌면 제일 먼저 다가오는 것은 이불의 감촉이라면 나만의 즐거움이다.

침구 쇼핑을 나섰다가 눈에 띄는 세련된 풍의 무늬에 사로 잡혀 양손에 들고 왔다. 그것을 들고 왔냐며 집에 있던 아들이 차를 가지고 오라 하지 그랬냐며 놀라워했다. 부피만 크고 무겁지 않아서 버스 타고 왔지만 하루 지나서 팔뚝이 무척이나 아프게 통증이 심했다. 그래도 즐겁기만 한 건 새 침구는 눈이 또 호강하기 때문이다.

장롱 안의 이불을 정리하다가 오래된 양모 이불이 얌전히 누워 있었는데 정말 오래 되었다고 느껴지는 순간 제조 날짜를 보니 이십 년이 되어 간다. 그런데도 놀랍게도 낡지를 않았다. 아끼다가 그랬나, 다시 봐도 좋기만 하였다. 제발 좀 오래된 건 버리라고 아이들은 그런다. 흠, 그래야지 버려야지 하면서 다시 챙겨 넣는 일이 반복된다.

이번엔 정말 버려야지 정리할 거다, 그러면서 과감히 버린 것도 있다. 비워야 다시 채운다고 계속 쌓기만 하면 정말 정리하는 일은 멀어지는 것이다. 이불을 보니 내가 결혼할 때만 해도 솜이불을 준비했다. 친정엄마가 정성스럽게 바느질해서 두 채를 만들어 주셨는데 지금은 상상할 수도 없는 고생이었다. 난방이 온돌이었던 그 시절에는 솜 이불이 최고였다. 비단을 씌워 정성스럽게 만드는 과정은 집집마다 큰 과정이었다.

아직도 난 솜의 일부를 잘라내어 하나만 가지고 있다. 버리기에는 아까운 이불이기에 장롱 맨 밑에 두었다. 이젠 정말 버려야 할 때가 왔는지 모른다. 괜히 눈물이 나려고 한다. 춥고 추운 겨울날에 이불 한 채는 큰 행복이었다. 잘 살라고 꼼꼼히 바느질하여 주신 친정엄마의 모습이 엊그제 같다.

이불 홑청이라 하여 씌우기를 하였는데 그때 본 모습으로 나는 바느질도 잘하게 되었다. 재봉틀이 집집마다 재산처럼 버티고 있었던 그때는 여자란 우선 살림살이가 우선이었다. 시대가 변한 지금에도 나는 바느질을 즐거워한다. 그러나 이젠 옛 이야기가 되어 버렸다.

손뜨개질해서 만든 여러 가지가 장롱 밑에 묻혀 있었다. 추억이 고스란히 담긴 물건들이다. 이건 또 버려야 하는지 생각하다 이건 정말 버리면…, 이불장 뒤지다 먼지에 빨래가 늘었지만 추억이 새록새록 나니 감회가 깊었다.

이건 이래서 안 되고, 저건 사연이 있어서 안 되고, 혼자 이 생각 저 생각 하면서 웃음도 나왔다. 헌 이불도 새로 싹 빨아 널고 침대 정리도 하면서 그러다 보니 하루가 꼴깍 가 버렸다. 배고픈 줄도 모르고 일하였다. 또 웃음이 나왔다.

정리하다 힘든 하루였지만 시간을 거슬러 수십 년을 왔다 갔다 했으니 재미있을 수밖에 없다. 햇살도 좋은 날에 그냥 보내기에는 정말 아깝다. 그래서 옛날에는 마당에 빨래가 널어져 있어야 그 집 주부가 부지런하다고 했다. 지금은 너무 편한 세상이라 힘든 주부는 빨래에서 해방되었다.

좋은 세상에 그래도 옛 것을 생각하며 사는 시대는 점점 사라져 가고 있다. 오래된 것이 더 좋은 것도 있단다, 하면서 혼자 중얼거리며 하루를 소일했다. 다음 세상에는 이런 기분 못 느끼겠지, 하면서 씁쓸한 웃음도 지어 보았다.

지금 내 침대에는 오래된 뽀얀 양모 이불이 예쁘게 펼쳐 있다. 정말 좋다. 오늘 밤은 잠도 잘 오리라 생각하면서 쾌적한 기분을 미리 느껴 본다.

겨울이 오면

계절이 바뀔 때에는 항상 앓는 것이 있다. 마음의 변화에서 오는 것이다. 몸의 변화에서 오는 것이 아닌, 익숙해진 습관과 버릇 때문이라 생각되어진다.

특히 겨울을 보내고 봄에 늘어지듯 약해지는 몸이다. 뜨거운 여름을 보내고 가을에 앓는 사람들은 어른들이 많다고 한다. 나도 어느 사이 그러지 않았나 생각되어졌다. 마음이 약해진 것도 점점 자신이 없어지는 것인지 철이 든 건지 모르겠다.

소녀 때는 낙엽 굴러가는 소리에도 웃었지만 지금은 철 지난 옷을 정리하면서 마음이 쓸쓸해진다. 내년에 나는 또 얼마나 달라져 있을까 하고…, 가족을 책임지는 가장 역할은 남자나 여자나 같은 마음일 것이다. 우리들의 부모가 그러했듯이 항상 준비하는 마음은 바쁘기 마련이다. 겨울이 되면 뭘 준비해야 할까? 여자들은 바쁘다. 아무리 바쁘다 해도 김치는 담궈야 하는데 따뜻한 겨울을 나기 위함이다.

요즘은 김치를 담궈 먹는 것보다 사먹는 시대로 변하여 가지만 난 아직도 담궈야 맛이 난다. 일 년이 지난 김치가 기막히게 맛있다는 걸 안다면 사 먹지 못한다. 겨울에 설경 감상도 잠시 미끄러운 길을 생각해야 하고 추운 바람도 싫고 게을러지는 것도 싫다. 그동안 하지 못했던 취미생활도 미루기 십상이다.

겨울이 오기 전에 마음도 잘 정돈해야 한다. 늦가을의 정취도 가 버리면 또 눈물지을 것 같다. 어느 사이 점점 쇠약해져 가는 몸과 마음은 더 서글프게 느껴진다. 아무것도 남길 게 없다던 김동길 교수도 95세로 허무하게 가셨다. 참 오래 사신 것 같다. 그분의 말씀 중 인생 길게 살아보니 눈 깜빡하는 사이 세월 간다고 했다.

"우리네 인생 뭐 있습니까? 하고 싶은 거 하고 즐겁게 사는 것입니다."

말처럼 쉽다면 누가 고민을 하겠는가. 누구보다 힘들게 사는 사람들이 많고 평생을 놀고 먹는 사람도 있다. 물론 놀고 먹는 사람은 부모덕이라지만 놀고 먹는 것도 힘들어 보인다. 머릿속엔 사상이 좋지 않았고 남을 이해하고 배려하는 일이 드물다. 그러한 사람들을 제외하면 모두가 열심히 살고자 한다.

주어진 환경에 올바르게 살며 이성적인 행동은 역시 가정교육에서 오는 것으로 매우 중요하다고 생각한다. 살면서 좋은 사람을 만난다는 것, 특히 좋은 친구와 스승, 부모를 만난다는 것은 행운이다.

　겨울이 오면 왠지 그리운 사람들이 있다. 기억에 남는 사람 잊혀지지 않는 사람, 고마운 사람들도 생각나고 그리워진다. 틈틈이 생각나는 아련한 추억도 다시 꺼내 보고 아쉬운 마음도 있는 것은 철이 났다는 말 즉, 옛 어른들의 말씀처럼 비로소 철이 들었다는 뜻이리라.

　스스로 좋은 사람이 되리라. 잘 하는 사람이 되어보자고 다짐해 본다. 마음이 부자라야 행복해진다. 오늘 나는 무엇에 행복해 할까, 생각해 본다. 마음이 행복해져야겠다. 마음 씀씀이를 잘 해야 행복감도 온다. 맑고 파란 하늘을 보니 공기가 좋아 가슴도 확 트인다. 구름 한 점 없는 하늘은 내 마음 알까?

　겨울이 오면 다시 도전해야겠다. 포기하지 말자고 다짐해 보면서 스스로 주문을 걸어 본다. 겨울이 오면 계절의 앓음도 비켜 가겠지.

계절과 철들기

'언제 철들래?'

계절이 가고 오는 것도 모르는, 철들이기에 앞서 사리분별을 잘 못하는 어린아이 같다는 철은 나이를 먹어도 듣는 말이 아닐까 생각해 본다. 인생은 짧기도 하고 길게도 느껴진다. 지나간 시간을 아쉬워하는 것보다 남은 시간을 어떻게 보내야 하는 마음이 더 절실하게 다가옴은 어느 사이 나도 나이를 먹어가나 보다.

늙으면 어린아이가 된다고 한다. 마음은 여려지고 힘도 없어져서 생각해 주는 사람이 곁에 없으면 서러워진다고 한다. '철들자 망령난다'는 속담도 있지만 항상 어린아이 같은 마음으로 살고 싶다. 그 뜨겁던 여름을 보낸 후 가을은 여름의 희생양인지도 모른다.

이 좋은 가을을 그냥 보낼 수는 없지 않은가 하며 생각하고 있었는데, 마침 여고동창의 공연초대로 길을 나섰다. 음악교사를 하였던 친구는 아들을 멋지게 바이올린 연주자로 키워 놓았다. 모처럼 동창들과 만날 시간도 되고 우리의 시간은 금방 소녀시절 깔깔대던 여고시절로 데려다 주었다.

독주회가 끝난 다음 밖으로 나오니 밤 불빛의 화려함이 기분을 더욱 환하게 해 주었다. 소리라도 지르고 싶어지고 뛰고 싶었다. 나이를 먹어도 여고동창을 만나면 소녀로 돌아가는 일은 그 때의 모습을 서로 기억하기 때문이다. 많이 웃었다. 헤어지기도 서운하였다. 삭막한 거리의 움직임보다 웃음이 더욱 좋았다.

가을이란 계절의 운치는 자연스러운 거리의 풍경과 색채가 더욱 아름다워서이다. 자동차의 불빛마저 반사되어 저녁 풍경이 멋들어졌다. 아쉬운 마음 뒤로 하며 걸음을 재촉하였다. 길거리의 소음도 시끄럽지 않았고 그 옛날 철없이 뛰놀던 어릴 적 생각만 가득하여 지금의 나는 아직도 어린 것 아닌 것인가 착각하면서 그래도 좋다.

나이가 든 사람이 까불면 주책이다. 주름진 노인의 얼굴에도 지난날의 소년 소녀 모습이 담겨져 있다. 그래서일까, 철없이 놀던 친구들이 그리워지는가 보다. 아직 물들지 않은 은행잎의 가장자리를 보면서 길가에 떨어져 쌓여 흩어져 날려가도 쓰레기로 치워지는 순간까지 존재를 과시하리라.

철이 없어 몰랐다고 변명하지 말자. 철이 없어 좋은 것이다. 여름에는 아이들이 부쩍 자라고 어른들은 늙어간다. 봄과 가을에 변해 버린 모습에 당황하는 동창들의 모습은 아직도 마음은 소녀인가 보다. 서로의 모습에 어쩜 좋으냐! 우리 늙었나 봐, 그리고 까르르 웃는다. 왠지 하지 못한 일이라도 있는 듯 순간순간 충실했어도 아쉬워하는 것이다.

자신이 하지 못함을 자식에게서 보려 하는 마음은 누구에게나 있는가 보다. 집안의 형편도 모르고 부모에게 반항하듯 떼를 쓴 적도 있고, 가출도 시도해 보았던 참으로 철이 없던 그런 모습은 부모의 마음을 아프게 하였을 것이다.

너무 순종하다 보면 아무것도 하지 못한다는 어리석음에 가끔 기질을 동원한 적도 있었다. 정말 철이 없었던 것일까? 계절 탓이라고 해두자며 애써 피해가려 한다. 봄에는 이래서 아니고, 여름에는 저래서 아니 되고, 가을에는 해야지 하며 또 미루고 그러다 보면 겨울에는 마무리한다며 후회한다. 그래도 철이 없을 때가 좋았지 철이 들고 나니 할 것이 너무 많아진다.

시작은 항상 화려하고 요란했지, 자신이 미워진다. 제발 계절 탓이라고 말하지 않으련다. 언제까지 철이 없으려나….

침묵 그리고 인내심

인간에게서 가장 소중한 것은 말이다. 표현을 하지 못하면 얼마나 답답할까. 말을 하고 싶어도 다 하지 못함은 남겨두라는 뜻이다. 하고 싶은 말을 다 하고 산다면 남는 것은 무엇일까, 허전함일 것이다.

그러나 말을 해야 할 순간에 침묵을 한다면, 또 얼마나 답답할까.

강사는 계속 말을 해서 공감을 얻어내고 결과를 얻는다. 말을 너무 잘하면 신뢰감이 떨어지고 뒤돌아서면 속는 기분이라 한다. 그럼 어느 정도가 적당하느냐 하면 간결하고 정확하게 진실하게 말을 해야 하는 일이다.

오랫동안 지루하게 말을 한다면 싫증이 나고 관심도 멀어져 간다. 우선 처음 3분이 중요하다고 한다. 목소리도 한 몫을 하겠지만 집중력을 가지게 해야 전달하는 데 성공을 거둘 수 있다. 강의를 자주 들을 시간이 많을수록 강사들의 여러 스타일을 접하게 된다.

공공기업의 전문이든 학교나 유통 강사, 노래 강사의 강의까지 유쾌함과 논리적임은 다 집중력이 얼마만큼 있느냐가 관건이다. 학교에서의 선생님의 강의도 수학에서 철학까지 그 어떤 강의라도 사로잡는 비결이 있다. 재미가 있어야 한다는 사실은 궁금증도 자아내야 하고 호기심과 관찰력, 이미지도 한 몫을 해야 하다 보니 요즘은 여러 스타일의 강의를 들어보게 된다. 책상에 앉아서와 일어설 때의 차이는 엄청나게 크다. 앉아서는 말도 술술 나오겠지만 일어서면 상황이 달라진다. 어느 학자는 30센티의 차이라 한다.

의견을 말하고자 할 때 일어세우라! 그럼 자세가 달라진다. 나도 잠깐 교양 강의를 한 적이 있었는데 참으로 할 때마다 설레고 떨리었다. 목소리는 흔들림이 없는지, 시작과 끝이 잘 마무리되었는지 긴장이 되곤 하였다. 대화의 중요성에 침묵은 금이 될 수 있지만 적당이 맞장구를 쳐야 대화의 끈이 이어져 간다.

인내심도 필요하다. 상대방의 이야기를 들어주려면 인내심도 필요하다. 남들과의 대화에도 나의 얘기만 하고 있지 않은지, 상대방의 말을 무시하지는 않는지, 말허리를 뚝 자르지는 않는지, 자신도 모르게 범할 수 있는 무례함이 있을 지도 모른다.

매일 공부하고 침묵하는 법을 배우며 의견은 충분히 나누되 상대방을 존중하는 예의를 가져야 하겠다. 성공과 실패는 작은 것에서 시작하고, 하지 말아야 할 것과 해야 할 일들을 정리해 보면 발전하는 자신을 볼 수 있으며, 반성하고 발전하는 날들이 많을수록 보람과 성취감도 높아진다.

한없이 후회하는 것보다 작은 인내심도 가져 보고 잠깐의 침묵은 금과 같은 소중한 일이다. 감정의 조절도 잘 해야 하겠지만 얼마만큼의 수련도 필요하다.

요 며칠 사이 나는 잘 참아내는 연습을 하였다. 순간적이지 않은, 잠깐 쉬어가는 모습으로 금방 반응하지 않으며, 생각을 좀 하면서 하고 싶은 말도 정리하듯 실수를 범하지 않으려고 애쓴다.

말로 인한 오해는 오랫동안 남아서 자신을 괴롭히게 된다. 사람들이 조금 더 상대방을 의식한다면 잠깐이라도 생각을 하면서 말도 정리하듯 해야 한다.

두 사람이 의견 차이를 보인다고 한다면 모두 인정해 주며 풀어나가야 한다. 서로에게 상처를 주는 대화는 씻을 수 없는 악연을 만들게 한다. 가정에서, 사회에서 서로 존중하고 배려하는 마음을 조금이라도 생각한다면 거침없이 내던지는 말은 하지 않을 것이다.

가장 좋은 대화란 무엇일까? 부정적인 말에는 꼭 그 말을 해야 합니까? 왜 그렇게 생각하시죠? 아! 그럴 수 있겠군요. 이해합니다. 알겠습니다. 긍정적인 대화에도 좋은 말씀입니다. 감사합니다 등, 좋은 관계란 말에서부터 오지 않을까 생각하며 오늘도 침착하게 침묵부터 준비해 본다. 인내심을 가지며….

고물과 보물

이게 언제적 물건인지 모르겠다면, 무심히 정리하다 발견하는 고물 같은 물건이 있다. 물건 자체가 오래 되어 고물이라 말할 수 있지만 보물 같은 물건도 있어 흥미로워진다.

그래서 요즈음 신문광고지에 무엇이든 현금화해 준다고 한다. 정말 운 좋게 보물일 수도 있으니까 무지해서 싼값으로 넘기면 후회할 수도 있다. 부모로부터 물려받은 것 중에 그림, 서예 등 잡동사니 같은 것도 가져가는 꾼들에게는 눈이 예리하다. 오래된 것은 무조건 버리고 새것을 사기에 바쁜 우리들에게 고물이란 별로 신경이 안 가기 때문이다.

보물이란 희귀해야 하는데 나에게 보물이란 무엇일까 살펴보니 그런 것이 없다는 것에 실망스럽다. 오래 된 가재도구에 버리기 아깝다고 묵혀둔 옷들뿐이다. 이젠 정리하고 버릴 건 과감히 버려야 한다. 알고 있으면서도 차일피일 미루면서 고물이 되어간다. 버리지 못하면 새것도 가질 수 없다.

보물을 가져보고 싶다면 어떻게 해야 할까! 그것은 분명 운도 좋아야 한다고 한다. 무심히 건네받은 물건이 희귀품이라면 로또처럼 될 수도 있겠지만, 그런 일은 자주 일어나지 않는다.

우연히 청계천이나 종로쪽을 거닐다 보면 아주 오래 된 물건이 어디서 그렇게 나왔는지 펼쳐놓고 파는 사람들을 보았다. 신기하기도 하였지만 아주 오래 된 물건도 보고 놀란 적이 있다. 물건을 가지려는 욕심보다 지키려는 욕심이 더 할지도 모른다.

나에게 보물이란 물건 아닌 마음이다. 아이들에게 물려줄 수 있는 따뜻한 마음이 보물 아닐는지. 가지려는 욕심에 쌓아놓고 보면 무슨 희열을 느낄 줄 몰라도 욕심은 헛된 욕망일지도 모른다. 많은 걸 쌓아놓고 지켜야 한다는 마음이 더 불안하지 않을까. 집안에 금괴와 현금을 쌓아놓고 있는 사람들은 그걸 지키기 위해 항상 열어보고 안심하고 또 쌓아둔다고 한다.

욕심의 끝은 자유롭지 못함일 것이다. 그래도 많이 있어봤으면 하는 것이 사람의 마음이라고 한다. 나도 그래봤으면 하는 것이 솔직한 심정이다. 보물 하나 제대로 가지려면 우선 마음부터 비워야 한다고 본다.

어느 날 무심히 쌓아둔 물건 하나가 보물이 되어 나타날 수도 있다면 그건 행운이다. 그러고 보니 보물스런 물건 하나 없는 것이 더 다행이다. 나에겐 마음이 보물이다 하고 산다면 더 행복하다.

집안 구석에 묻혀 있는 고물들을 처분해야겠다. 현금이 될 수 있다면 쓰레기를 모면한 것이고, 한 푼이라도 받으면 효자 노릇일 것이다. 왜 나에겐 보물 하나 없는 건지 물건에 욕심이 없었다. 두 개면 하나를 주어야 맘이 편하기 때문이다. 지금도 여러 개 있으면 오히려 불안하다. 누구에게 줄까 생각하고 주어야 편한 건 내 마음이다.

물건에 욕심이 없다면 거짓말이다. 그러나 많으면 불안하다. 나에겐 쓸데없는 고물만 있었네. 이제는 보물을 찾아야 하나, 갑자기 웃음이 나왔다. 보물은 마음이라 해놓고 무슨 보물을 찾는 건지, 그래도 보물 하나쯤은 있어야 하지 않을까.

오래된 일기장과 수첩 속에서 발견한 메모, 보물은 생각하기 나름이겠지 하며 스스로 위로한다. 나에겐 보물보다 고물이 더 많다. 설령 현금화 되질 못해도 고물은 자리를 지키고만 있어도 나름 의미가 있다. 언제고 버려지지만 있는 동안은 고물이 아니란 것을.

공연히 사람의 마음만 흔들어 놓았잖은가! 신문 속 광고지를 접어두었다가 쓸데없이 이런저런 공상만 하였다. 그래도 고물은 고물이니까 버려도 후회 없이 치워내는 마음은 후련하다.

오늘은 청소하면서 고물들을 꺼내 봐야겠다. 엿장수들이 옛날엔 가지가지 가져갔지만, 요즘엔 전화 한 통이면 빠르게 접속한다. 이것도 더 쓸 수 있고 저것은 아직 쓸 만하고, 이러다 한 가지도 못 버리면 말짱 헛것이고 제자리다. 그럼 정리 좀 해볼까, 혹시 못 찾던 물건이라도 찾으면 보물을 발견한 것처럼 기분 좋으니까 작업을 해야겠다.

오늘은 정리하는 날, 하면서 하나둘 집어내다 보니 먼지만 뒤집어쓴다. 오늘 내가 이 일을 왜 했지, 후회스럽기도 하고 시간이 아까워진다. 변덕이 하늘 땅 만큼 뒤죽박죽, 물건도 뒤죽박죽 도대체 뭐하는 건지 나도 모르겠다 싶어 쉬면서 밥 먹고 간식 먹고, 또 물 먹고 뒤돌아 청소하고 아무래도 고물 정리하다 시간만 날려 보냈다는 생각에 쓴웃음만 나온다.

잊어버린 물건만 여기저기서 나온다. 오늘은 그만 해야겠다 마음먹으며 고물정리 시간이 그레도 좋았다. 쓰레기봉투엔 헌옷만 가득해졌다. 어차피 보물 같은 건 없었으니까.

4부

그때는 그랬지

능소화는 또 피었는데

마음에도 덧칠을 하며

마음의 기로

바람의 결을 고르다

일상 속의 발견

그때는 그랬지

제일 듣기 싫은 말 중에 '그때는 그랬어. 그때는 말이야.' 한 번 들으면 재미있지만 되풀이하면 지겨움을 느낀다.

왜 그럴까? 그건 지금의 현실과 맞지 않기 때문이다. 나의 부모님이 그랬고 윗사람들이 그랬다. 너희들은 호강하는 거다 하고 지금도 나중에는 촌스런 말로 전해지니까 항상 전과 후는 차이가 날 수밖에 없다.

사회 선배께서 그러셨다.

'나이 조금 젊다고 까불지 마라. 금방이다. 그때는 다 예쁘다!'

살다 보니 어제만큼 좋은 시절이 오늘은 아니다.

어른들은 말씀하셨다.

'가랑머리 땋고 폴짝 뛰어놀 때의 소녀가 아름답고 골목길에서 싸움질하며 뒤섞여 놀던 개구쟁이 사내아이들이 사랑스러웠다고…'

누구나 그런 시절을 겪으며 살아왔다.

젊은 사람들이 무서워졌다. 세상이 달라졌기에 그때는 그러지 못한 걸 보고 있다. 단지 흐름이 그러할 뿐 실망할 필요는 없다. 가정의 교육이 달라지고 추구하는 것이 변했을 따름이다. 그래서 누구에게 의지하는 것은 외로움을 느끼게 마련이다. 혼자만의 시간도 즐겨야 하는 것이다.

세대 차이는 있지만 생각을 나눔에는 차이가 없어진다. 아이는 어른에게 배우고 어른은 아이에게서 새로움을 본다. 이기심이 강해지면서 더욱 이기적이 되어간다. 형제 많음도 이젠 옛말이 되어간다. 끈끈한 우애, 사랑하는 마음과 희생 그건 희미해져 갈지라도 아주 없어지는 건 아니기에 보고, 느끼고, 갈망하면서 우리는 살고 있다.

그토록 미웠던 사람, 생각하기도 싫은 사람도 있었을 것이고, 보고 싶은 사람도 있겠지만 그 때는 잘 모르는 것이다. 어릴 때의 친구가 허물이 없어 좋다고 한다. 과연 그럴까? 단지 어릴 때의 모습을 알기에 그런 생각을 한다. 그러나 어른이 되어 성공을 한 지금의 모습보다 그 전의 모습을 기억하기에 현재의 멋진 모습보다 그전의 어려웠던 걸 더 기억한다. 그래서 칭찬에 인색한 경우도 있다.

그래서 어떤 사람들은 고생할 때의 친구를 외면하는 경우도 있다. 너무나 자신의 과거를 알고 있기에 불편할 수도 있다. 오랜만에 만나고 싶은 어릴 때의 친구를 만나주지 않는 경우가 많이 있다. 지금 현재의 모습을 봐 줘야 하는데 아닌 것이다.

　나도 그런 경우를 겪어본 적이 있다. 그 기분은 묘해서 서로 존중하는 마음만 있다면 그렇게 기분 나쁘지는 않았을 것이다. 누구나 어려운 시절이 있다. 단지 언제 겪느냐가 중요한 것이지 꽃길만 걷지는 않았을 것이다. 남을 인정하려 들지 않고 무시하고 폄하하고 내리려고 하는 마음만은 가지지 말아야 한다.

　이를테면 공부도 못했던 애가 배우자 잘 만나서 그러하다는 둥, 잘 나가던 애가 어려움을 겪을 때 살펴주지도 않았으면서 이래저래 말할 필요는 없는 것이다. 좋은 생각만 하고 좋은 말만 생각하자고 말하고 싶다. 그때는 그랬지만 지금은 좀 더 성숙하고 다듬어져야 후회가 없을 것이다. 더 친절하게, 더 따뜻하게 지나고 보면 인색하게 했던 일들이 미안하게 느껴지게 된다.

　마음을 열어 보는 것은 곧 겸손이다. 주위에서 조금 건방져 보이는 사람은 무언가 불만이 많은 사람이고 비밀이 많은 사람이다. 자신을 감추기에 막을 치는 것이다. 어찌 되었든 지나간 일을 들추어 말할 때는 조심스럽게 말해야 한다. 즐겁게 호감가게 더 듣고 싶도록 한다면 그때는 그랬었는지 궁금해서 더 듣고 싶어 할지도 모른다.

부모나 선배, 윗사람들에게 그때는 그랬었지 하면 잘 들어줘야 아랫사람들에게도 잘 하게 되는 것이다. 경험은 꼭 겪어봐야 하는 것보다 남의 말에 잘 경청하는 일도 중요한 일이란 것을 느꼈다. 인생 선배님이 내일은 어떤 말을 나에게 해 주실까 기대해 본다.

또한 나의 말을 들어주는 사람들에게는 어떻게 말을 해야 부담스럽지 않을까도 생각해 본다. 제일 힘든 것은 이해와 관용, 남들에 대한 배려하는 것이다. 고루한 말투는 물론 배제해야 하면서 가급적 자기 취향에 스스로 매료되는 어리석음만 하지 않으면 된다. 더구나 아랫사람에게는 더욱 조심해야 하는 말은 꼰대소리 듣는 경우이다.

사랑스런 꼰대가 되어보는 일은 자신을 사랑하는 일부터 시작하여 배우는 자세라면 멋진 꼰대의 '그때는 말이야…'를 사람들은 더욱 듣고 싶어 하는 말일 수도 있고, 누구에게나 있는 '그때는 그랬어'를 사랑하게 될 것이다.

과거의 존재함이 있어 오늘이 있으니 지난 일은 잊기보다 잘 정리하여 내일의 나타냄으로 삼아야 하겠다. '그래, 그때는 그랬지만 지금은 아니야.' 부정하는 말은 하지 않기로 했다.

능소화는 또 피었는데

요즘 길을 가다 보면 아파트 담장에서, 고속도로의 방음벽에서도 줄기가 늘어져 있는 주홍빛 능소화를 볼 수 있다. 흔하게 널려져 있는 그 꽃은 생명력도 강하고 줄기가 나무에 박혀 기둥을 삼으면서 늘어지는 모습은 퍽 아름답다.

전설도 가지고 있는 능소화는 옛날 임금님의 사랑을 받다가 다시 오지 않는 임을 사모하고 기다리다 지친 궁녀의 죽음 이후 궁궐 담장 넘어 혼이 꽃으로 피었다는 얘기가 전하여지는 만큼 애절함도 있다.

버스를 타고 고속도로를 지나다 보면 여름 내내 줄기줄기 늘어진 모습이 무엇을 기다리고 있는 듯 한을 품은 가련한 모습으로 보여지는 것은 나만의 생각이련가. 주홍빛 잎 꽃잎 안의 독은 무엇을 감추려 함은 아닌지, 그 독을 잘못 만지면 눈이 먼다고 하기도 하고, 그 독은 물가에 떨어지면 물고기가 살지를 못한다고 하니 아름다움과 화려함은 누구를 위함인가.

겉의 화려함은 깊은 고독을 말하기도 한다. 능소화의 화려함은 여름에 더욱 빛나나 꽃의 전설보다 꽃잎의 떨림으로 수줍음이 보인다.

비가 내리면 화들짝 놀라 줄기줄기 흔들어대며 꽃잎이 부서져 내린다. 하루에 한 번이라도 지나가면 보게 되는 능소화를 나의 기다림으로 보았다. 매일 기도하듯 요즘은 기다림으로 살게 되었다.

결혼을 아직 하지 못한 자식들의 좋은 인연을 위하여 이번 여름에도 기다림으로 하루를 시작하게 되었다. 때가 되면 자연스럽게 이루어지는 모든 것들이 빨리 이루어지지 않을 때의 불안감마저 인내심으로 눌러 버리려 한다.

이번 여름에도 능소화는 기다림으로 또 피었는데 좋은 소식은 언제나 오려나, 하는 마음이 매일 가득하다. 아침에 일어나 신문을 보며 세상살이를 들여다보면 복잡하기도 해라. 너무나 빠르고 한 번에 모든 걸 잡아야 성공하듯이 속전속결로 이루어지는 일들, 빠르게 변하는 미디어 세상에 기다림이란 지루한 것인지도 모른다.

차분한 마음으로 때를 기다리고 할 말도 조심해서 가려야 하는데 급하기만 한 현대인에게 기다림이란 존재하지 않는지도 모른다. 급해서 참지 못하고 소리를 지르고 그러다 보면 실수를 하게 되고 돌이킬 수 없는 일도 하게 되는 나 자신도 기다림을 익숙하게 생각하지 못했다. 그러나 자식들의 성장함에 대견해 하면서도 좋은 일들에 기다림은 참

을성을 가져야 하겠지, 비가 내려 꽃잎이 흩어져 내렸다.

꽃잎을 주워 살피어 본다. 화사한 빛깔! 감추어져 있는 독! 그리고 힘찬 줄기의 생명력! 줄기에서 나오는 강한 발톱 같은 접착력과 화려함은 보이기 위함이지만 숨어있는 생명력은 가히 놀랄 만큼 강하다. 이번 여름에는 기다림도 또 지나가지 않을까. 내가 하고 싶은 일들이 묻혀 있을 때 그건 게으름이었다.

아이들이 깔깔대고 소란스럽게 아파트 놀이터에서 뛰면서 놀고 있다. 아파트 뒷담자락에 심어 놓은 능소화 몇 가지가 아이들 떠드는 소리에 울려 놀랬는지 부르르 줄기를 놓쳐 버렸다. 기다림으로 지친 혼의 꽃말처럼 기다림은 지루하다.

자식들은 이제 결혼을 해야 할 시기인데 인연이 쉽게 이어지질 않는 안타까움이 있다. 성격이 좋으면 얼굴 직업도 마음에 들어야 하고 따지는 것도 많다. 요즘 젊은이들은 쉽게 결혼을 하지 않으려는 이유는 경제적인 부담도 있지만, 직업이나 성격이 무엇보다 좋아야 한다고 한다.

우선 마음씨가 고와야 한다고 말해 주지만 자식들 생각은 어디에 있는지 물어 보면 짜증내고 싫어한다. 이번 여름도 기다리게 하는 아들은 해외출장이 많다 보니 시간도 만남도 잘 되질 않아 걱정이 된다. 딸은 결혼에 관심이 없다고 하고 혼자 살겠다는 말까지 서슴지 않는다.

그렇지만 하루아침에 번복하리라 믿어본다. 미루어지는 일들에 조급하게 생각하지 말고 편안하게 기다릴 것이다. 나의 자식들도 모두 좋은 일 있겠지, 하며 화사하게 밝게 웃어야지.

이번 여름에는 기다림의 소식이 꼭 있지 않을까 기대하면서 그런 마음으로 길을 걸을 때에는 능소화도 멀리서 웃고 있는 듯하다. 기다림은 좋은 것, 혼자 중얼거리며 오늘도 힘차게 걸어본다.

능소화는 이번 여름에도 또 피었는데 너의 화려한 모습이 요즘은 더욱 아름답구나!

마음에도 덧칠을 하며

"오늘은 어디 가시나요?"

정겨운 말 한 마디에 기분이 좋은 아침이었다. 관심을 가져주고 말을 해 주는 것은 참으로 행복한 일이다. 남의 이야기를 들어주는 일은 고마운 일이다.

점점 가족 간의 대화가 없어지고 혼자만의 시간을 즐기는 사람들이 많다 보니 혼족은 늘어나고 홀여행 혼밥의 문화는 점점 사회가 이기적으로 향해 달려가면서 많은 가족의 생활은 어느덧 자취를 감추고 혼자 사는 일이 익숙해져 가는 문화가 되었다.

그러다 보니 모든 것이 낯설지 않다. 병원 가는 길에 시장기를 느껴 쌀국수집에 들러 혼자 식사를 하였다. 옛날 같으면 멋쩍어서 왜 혼자 밥 먹을까 의문이 들고 눈길도 느껴야 했었다.

그러나 지금은 어디서나 혼자 여행하고 밥 먹고 혼자 영화구경도 즐기는 사람들이 많아졌다.

나도 아무런 느낌 없이 편하게 식사를 하였다. 카페에서의 홀로는 더 이상 아무렇지 않은 모습으로 보여진다. 그래도 혼자는 밥을 먹는다 해도 여행은 외로울 것 같은데 의외로 혼자 다니는 사람들이 많아지다 보니 그것도 자유롭게 보인다. 혼자서는 아무 것도 할 수 없는 나이는 어릴 때이지만 요즘은 혼자서도 아이들은 잘 논다.

　나만의 세계에 빠져서 마음의 여행을 마음껏 하고 혼자 키득거리고 환상 속에 빠져 보는 일은 재미있는 일이다. 대화의 단절은 패쇄적이며 마음의 단절을 의미한다. 혼자만의 독백은 때로는 힘이 되기도 하지만 대화의 상실성에 고립됨을 느껴야 한다. 대화가 없는 생활은 무의미하다. 무서운 일을 저지르는 사람은 남과의 대화를 하지 않고 혼자만의 독백으로 어둡고 그늘진 곳에서만 존재 한다.

　악성 댓글을 즐겨 쓰는 사람들은 알고 보면 고독한 사람들이고 환경도 노출되지 않은 곳을 즐긴다고 한다. 집안의 분위기는 대화로써 시작하고 대화로 끝을 맺는다. 집안 공기가 좋아야 식물도 잘 자라고 대화가 있어야 윤택해진다.

　아침이면 제일 먼저 베란다로 나가 키워놓은 식물들을 살피고 안녕한지 묻는다. 파란 잎은 더욱 생기가 날 것이고 뿌리는 힘을 받는다고 생각이 든다. 신선한 공기는 나의 몸을 건강하게 할 것이고 아침의 대화는 머리도 맑아짐을 느끼게 한다. 잘 다녀오라는 아침인사는 가족

의 활력소이기도 하다. 멀뚱멀뚱 말이 없는 사람은 웃음을 잃은 사람
이며 생활도 매끄럽지 못하다. 단정 지어 말할 수는 없지만 대부분 그
사람의 표정에서 생활을 읽어낸다고 할 수 있다.

　부정적인 말 한 마디가 고통과 상념을 줄 수 있기에 가급적 말을 해
도 부드럽게 해야 한다. 지키려고 노력하는 것이 일상이 되어 버리면
편안히 말을 할 수가 있다. 싫은 소리는 하지 않으려고 마음먹지만 쉽
게 싫은 표정을 하는 것이 우리네 사람들이다. 얼마나 많은 사람들이
말 한 마디에 상심을 하는지 생각하면 조심해져야 한다.

　잘 지내세요, 건강하세요, 행복하세요, 좋은 말들이 많음에도 왜 그
렇게 사느냐, 그동안 무얼 했느냐, 돈은 많이 벌었는데 왜 그러고 사느
냐, 하기 어려운 말들도 쉽게 쉽게 하지 말았으면 좋겠다. 나이든 총각
처녀들에게 왜 결혼 안 하냐 못했나? 사회가 어렵다. 살기 편해지려면
갖추어야 할 조건이 늦은 결혼도 만들어낸다. 아니 못 하고 있고 안 하
고 있는 것이다.

　참견 말자. 사는 것이 다 그러하듯 부러움의 대상도 아니라 본다. 행
복함은 편안함이며 다정하고 포근한 대화임을 잊지 말자.

"오늘은 어디로 가시나요?"

즐거움이 함께하는 곳에 마음의 평화도 있다고 한다면, 가족 간의 대화에서 행복함이 시작임을 모두 알았으면 좋겠다.

마음에도 덧칠을 해 보는 날은 기분 좋은 하루였음을 알았다.

마음의 기로

두근두근 갑자기 가슴이 쿵쾅거렸다. 죄를 지었을 때와 기쁨이 있을 때, 무언가 기대감이 있을 때 그렇다고 한다면 마음이란 묘해서 항상 같을 수는 없다. 너무나 좋아도, 너무나 슬퍼도 똑같이 잠을 설친다고 한다.

약속이란 지키려고 한다. 지켜지지 않는 약속이란 허공에 뜬 마음이다. 정한 마음을 바로 잡기 위해서 노력할 뿐, 우리는 어긋난 약속에 대해서는 책임을 지려 하지 않는다. 쉽게 말하고, 약속하고 어기지만 마음의 부담을 가져야 한다. 처음부터 신중히 지키고자 한다면 쉽게 약속을 저버리지 않을 것이다.

나도 약속을 해 놓고 갈등한 적도 있었다. 괜히 기분에 들떠서 덜컹 약속을 해 버리는 것이다. 친구, 부모형제지간에 한 약속은 더욱 깨기 쉽다. 그럼 약속은 깨기 위해 하는 것인지, 지키려고 하는 것인지 모를 지경에 이르는 것이다. 그 사람을 보려면 약속이 제일 먼저이다.

약속을 해놓고도 잊어버리는 사람도 있다. 소중하게 생각하지 않아서이다. 시원시원한 사람이란 약속에 대해서도 쾌활하다. 지키지 못하게 되었을 때 어떻게 대처하느냐에 따라 달라진다. 나는 두 번 이상 약속을 지키지 않은 사람과 다시는 약속을 하지 않는다. 신뢰성이 이미 떨어졌기 때문이다.

　신은 인간에게 두 가지 선물을 주셨다고 하는데 행복과 근심이라고 한다. 피할 수 없는 근심은 사람을 더욱 초조하고 슬프게도 만들어서 행복을 지키려는 것보다 행복하게 행동해야 한다고 한다. 아침에 일어나서 하루의 마음을 펼쳐보면, 어느 길로 방향을 잡아야 할 것인지 생각해 보면 간밤의 걱정이 풀리는 때는 순간적인 마음의 자세이다. 마음을 순하게 먹으면 좋은 일이 생기고, 악하게 먹으면 부딪치는 일이 생기기도 한다.

　그런 경험을 많이 하게 된다. 베풀어야 돌아오고 주어야 받을 수 있다. 꼭 물질이 아닌 덕으로 돌아오는 일들을 우리는 많이 느끼고 있다. 그럼에도 불구하고 가지는 것에 욕심을 내는 것이 사람이다. 이 세상을 살면서 누리고, 가지고 가는 것은 현재일 뿐 세상을 달리 할 때는 아무 것도 없는데도 우리는 살아서 만족이다.

　마음의 결을 부드럽고 잘 다듬는 일이 무엇보다 소중한 걸 알면서도 욕심이 가득하다. 나도 그러하다. 어쩌면 오늘도 욕심을 많이 부렸는지도 모른다. 경쟁 속에 사는 세상에 마음이 평온해지려면 그래도 착해져야 하겠다. 심심찮게 들려오는 자랑하는 사람들의 목소리를 들으며 마음이 편안할 일이 없겠지만 긍정적으로 칭찬해 주고 같이하는 마음이야말로 편안해진다.

새삼 나이 먹음을 느끼며 우리 부모가 그랬듯이 주고 가는 마음 감사하게 생각하며 주위의 사람들에게 부드러운 마음으로 나눌 수 있다면 좋겠다. 더 어려운 사람을 생각하며 지금의 위치에서 평온을 달려봐야 할 것 같다.

마음이 편치 않다는 것은 나누지 않았음이라 생각한다. 작은 것이라도 마음이 가는 길을 곱게 펼치며 주위를 봐야 할 것 같다. 실천하지 않는 마음이란 깨어지는 항아리에 물을 담은 것이라 생각하며 밝은 마음으로 길을 걷는다. 평온을 가질 수만 있다면 모든 일은 순조롭게 진행되리라 믿어 본다. 스스로 주문도 걸어보며 먼저 실천하는 자세로 길을 가고 싶다.

오늘 따라 강한 개성의 성격을 보였던 나의 엄마가 생각난다. 확실히 나도 나이를 먹어가며 인생의 농후한 맛을 알게 되는가 보다. 오늘은 하늘이 흐렸지만 내일은 화창할 테니까 마음 가는 대로 부드럽게 살며 잘 다듬어진 길을 가고 싶다. 물론 바람이다.

하루에 한 번이라도 착한 마음으로 행동하기로 했다. 그만큼 소중한 시간 속에 살고 있음이다. 긴 여정의 길을 가는 기분이다. 지금의 마음이 가는 길은 어디로 가는지 숲이 보인다. 그리고 아름다운 꽃과 새들의 노래 소리가 들리는 듯하다.

바람의 결을 고르다

뜨거운 태양이 연일 내리쬐는 날들이 계속되었다. 비바람 천둥번개에 잠시 쉬어가는, 그러나 곧 다시 시작하는 폭염은 아무래도 뭐라도 끝장낼 듯 기세가 무섭기만 하다. 좀 쉬어가면 안 될까. 어느 사이 생활은 마스크가 필수품이 되어버리고 외출은 줄어들게 되어버린 2년간의 시간이 막바지를 향해 가고 있다.

이제 우리는 아름다운 지구를 망친 벌을 받고 있는지 모른다. 바로 어제 우주의 여행이 시작되었다. 잠깐 지구를 보고 오는 수준이지만, 이제 우리는 지구 밖의 별에 관심을 가져야 하나 보다. 지구의 환경스페셜은 연일 보도되고 지구를 아끼자고 하건만 많은 무지한 사람들로 지구는 병들어가고 있다.

바다 속의 쓰레기는 다시 우리가 먹는다고 하는데 과연 사람들은 그것을 알면서도 그렇게 행동하는 것일까. 올해의 여름바다는 다시 뜨거워지고 사람들로 넘쳐나겠지. 휴가는 꼭 가야만 하는 것일까? 쉬어가는 것뿐인데 너무 성급하다. 한때 여름에는 공포 추리소설을 몇 권 읽으면 여름이 지나간 적이 있었다.

요즘은 영화를 봐도 좀비시리즈는 보통이고 무감각해졌다고 해야 하나, 더 잔인하고 더 악랄한 사회는 점점 마음까지 병들게 하고 있다. 뜨거운 바람이 분다. 산에 올라가 시원한 폭포수를 만나면 신선이 따로 없을 정도로 더위를 잊는다. 요즘은 냉방시설에서 모든 걸 즐기다 보니 점점 허약해져 간다.

생각은 잠시 지난 시간들로 거슬러 올라가며 시간이 안 간다고 하던 젊은 날이 그리워진다. 왜 시간이 더디 가고 늙어가는 건 생각 못했을까. 의욕이 넘치던 젊은 날의 추억은 그때의 사진만이 남아 아름다움을 말해 주고 있다. 그래도 남아있는 우리들의 시간이 더 없이 소중함으로 전이든 후이든 인생백세를 본다면 오십이 딱 좋을 때인가 보다.

생각하기 나름이겠지만 추억이 있음으로 산다. 나의 모습을 동창들의 얼굴에서 보면 정확하다고 한다. 천천히 세포의 늙음을 유지하는 게 비결인 듯싶다. 바람이 뜨거워 나무 밑을 찾아간다. 나무의 나이는 얼마나 되었을까?

나무의 그늘이 고마워 위를 쳐다본다. 잠시 쉬어가는 인생이라고 하지만 할 일도, 해야 할 일도 많음에도 게으름의 연속이다. 많은 사람들은 하루가 어떻게 가는지 모를 정도로 바쁘게 보내는 사람들도 많다.

여름은 우리에게 많은 인내심을 요구하고 있다. 지금의 태양이 뜨겁더라도 불평하지 말고 왜 태양이 뜨거워졌는가 생각해 봐야 한다.

숨 쉬는 일이 고마워졌다. 내 몸을 건강하게 유지하기 위해 노력해야겠다. 조금 더 참고 조금 더 노력하며 하루의 시간을 보내야겠다.

몸이 무거워지면 자꾸 눕게 된다. 누우면 갈 길도 멀지 않다고 한다. 아이들의 웃음소리 깔깔대던 소녀들의 수다에서 퍼져 버린 듯한 아재들의 떠드는 소리까지 익숙해져 버린 생활의 잡음에서 신선한 묘약은 오로지 밝게 마음을 깨끗하게 하는 일이다. 한 가지 즐거움에 몰두해 보기로 한다.

비슷비슷한 사람끼리 어울려 부담 없이 즐기는 일도 괜찮다. 괜히 어울리지 않는 일을 좇다 보면 실망감만 돌기 때문이다. 무리하지 않는 선택이 편안함을 주는 게 사실이다. 그 뜨겁던 여름도 몇 번 보내고 나면 준비하게 된다.

아직 가버리지 않은 이 여름에 한 가지라도 좋은 일을 하고 환경을 위해 보이지 않는다고 해서 쓰레기 막 버리는 일 하지 말고 남을 위하는 일이 곧 자신을 위하는 일이라고 생각하면서 살아야겠다.

알찬 가을을 만나기 위해 이 여름도 행복하게 보내는 일은 성실이라고 말하고 싶다. 여름아! 바람도 비도 예쁘게 내려주었으면 좋겠다. 바람의 숨결을 고르게 하면서 가을을 만나고 싶어진다.

능소화가 여름을 더 뜨겁게 하는지 활짝 피워 올랐다. 가을을 향한 조용한 몸부림, 끝나지 않는 희망과 같은 기다림의 약속인 것 같다.

일상 속의 발견

비행기 소리가 무척 공허하게 느껴지는 아침이다. 멀리 날아가는 비행기 소음에서 미지의 세계의 시작처럼 알 수 없는 느낌이 다가온다.

매일 시작이 그러하듯 같은 일상의 연속이지만 마치 채워지지 않는 물독을 채우듯 갈증이 심해져 온다. 안타까운 일들은 떨쳐내지 못하는 미련함에서 시작되고, 미련들은 계속 쌓아져 가는 악순환 속에서 하루의 일상은 평화로움보다 살아가기 위한 투쟁에 가깝다.

소낙비가 내리고 고요함이 한순간 오면서 멈춰 버린 일상들이 정신을 차리게 한다. 무능함은 게으름이고 발전을 도모하지 못하는데 그 무능함이 절실하게 느껴질 때 자신의 못난 일들이 겹쳐 정말로 못난 생각이 든다.

오늘 아침에 나는 무료함을 느껴 보았다. 순전히 그건 자신에게서 나오는 것이지만 괜히 다른 핑계를 대어본다. TV 방송을 보면서 보기 싫은 사람들은 왜 그리 많이 나오는지 광고도 눈에 거슬리고 성형으로 얼굴을 깎아놓은 마네킹 같은 모습들이 보기 싫어진다. 자연스러움은 이제 찾아보기 힘들어진 요즘시대에 아이 어른까지 경쟁하듯 자연스러움을 파괴하며 살고 있다.

거북하다. '저런 사람은 왜 자꾸 나오지?' 보기 싫은 장면을 돌리다 보니 볼 게 없다. 결국 다큐멘터리로 넘어가고 동물농장이 더 편하다. 세계유산 방송을 보고 앉아서 보는 여행채널로 옮겨진다. 이런 것들도 다 세상 탓일까?

내가 고지식해서일까. 자연스럽게 변해 가는 세상에 같이 가기 위해서는 모든 걸 안고 가야 함은 물론이다. 디지털로 모든 게 변하고 이제 앉아서 쇼핑하고 로봇이 시중들고 AI 등장으로 기계적인 생활로 변하고 있는 지금 함께 가야 함은 우리의 생활을 더 편하게 만들었다.

하루 내내 기계와 씨름하는 꼴이다. 어딜 가나 편하게 움직인다. 어제는 은행의 기계를 다루지 못해 쩔쩔매는 어르신을 보고 그 편리함을 모르고 누가 해줘야 하는 창피함을 감수한다. 세상을 살려면 최소한의 노력은 해야 한다. 그래야 살기 편해진다.

아침의 공기가 조금 시원해질 때 빨리 오늘의 일정을 세워야 한다. 아까운 시간이 그냥 흘러가기 때문이다. 무료함을 느낀다는 것은 창피한 일이다. 꼭 여행을 해야 하고 돌아다녀야 재미있는 건 아닌데 사람들은 지루해 하고 있다. 더운 여름에는 곁에 사람들과 붙어 앉아 있는 것도 힘들다.

여름 손님이 호랑이보다 무섭다고 한 옛 사람들도 그랬듯이 지금도 마찬가지이다. 괜한 투덜댐에 시간을 보냈나 싶어 정신 차리고 보니 벌써 점심시간이다. 오전 내내 나는 생활에 갈증과 피곤함이 느껴졌다. 시원하게 샤워도 하고 베란다 물청소도 하면서 활력을 되찾는다. 지난 달 데려온 하얀 어린 고양이가 이리저리 뛰어다니니 생활이 살아 움직인다.

선풍기 바람에 익숙해진 요즘은 더 답답하기만 하다. 산속의 계곡을 생각해 본다. 찬물에 손 담구며 손빨래도 하고 삶의 의욕을 다시 세워 본다. 왜 지쳐 있는가를 더위 탓으로 애써 돌려 본다. 이 시간에도 땀 흘리며 수고하는 사람들에게 미안함을 생각하며 배부른 소리였나 보다. 시간의 보냄이 허무하지 않게 잘 살펴봐야겠다.

내가 왜 그랬나를 반성하면서 남은 오후의 시간을 정리해 보기로 한다. 좋아하는 일을 하지 못 하는 것이 아니라 안 하는 것이 더 맞는 말인지 모른다. 지금껏 그랬고, 앞으로도 그 게으름에 시간을 헛되이 보낼지도 모르지만 정신 차려야지, 하면서 오늘도 시간을 나누어 본다.

　미처 발견하지 못한 일들이 있다면 그건 자신이 아직도 발전하지 못했다는 증거가 아닐까 생각한다. 바보는 천재의 어릴 적 이야기일지도 모른다. 그러려니 하면서 헛웃음이 나왔다. 오후에는 동시나 읽어야지….
　지루함과 무료함이 한 데 섞여 있는 묘한 하루이다.

능소화는
또 피었는데

5부

변명과 수다

　새삼 말할 것도 없이 깊은 침묵에 빠진다. 무엇이 좋고 나쁘기에 앞서 구실을 찾는다. 하기 싫음과 좋음은 손바닥 뒤집기처럼 쉽다.

　나 홀로 쇼핑을 하고 혼자 밥 먹으며 혼자 수다를 떤다는 요즘, 사람들은 혼자 있기를 좋아한다. 다니는 곳마다 혼자 즐기는 문화는 어느 사이 깊숙이 들어와 있다. 말을 시켜도 싫고 대화의 창도 열기를 거부한다.

　그러다 보니 보는 것도 별로 어색하지 않다. 점점 사회의 한 단면도 변해 가는 문화에 새로운 직업이 생기니 알지도 못하는 말도 있다.

　수다스러움은 창조를 만든다고 했는데, 이를테면 부모가 말이 없으면 아이의 말이 늦게 터진다고 한다. 옆집과의 수다스러움이 한 정보였던 시절이 있었다. 누구보다 먼저 알고 있는 소식은 이웃들이었다. 대문을 걸어 잠그고 얼굴도 마주칠 날이 별로 없는 아파트의 생활로는 그야말로 소식을 알 수 없다. 앞집에 여러 번 사람이 바뀌어도 관심 없고 신경도 안 쓴다.

　아이들의 웃음소리, 말소리가 정겨웠던 골목길의 모습도 요즘은 없다. 잘못하고도 갖은 변명을 늘어놓는 것은 아이들이 더 심하다. 그런 아이들이 자라 어른이 되었다. 성격을 고친다고 하지 말고, 잘못을 하지 말자고 하면서 변명의 답이 되어 준다. 우리는 왜 그렇게 변명이 많아졌을까? 생각해 보면 자기 합리화를 시키기 위해서이고, 자신의 책임을 돌리는 경향이다.

며칠 전 우연히 반가운 이웃을 쇼핑센터에서 만났다. 차 한 잔할 시간이 없어서 아쉬웠지만 소식을 묻지 않음에 서로가 미안하게 생각했다. 꼭 만나야 할 이웃도 아니었지만, 얼굴 보니 반가웠다. 연락처를 확인하고 헤어지면서 그동안 왜 연락을 하지 않았을까 하며, 나의 성격 탓이라 돌리었다.

변명도 잘 하면 위기를 넘길 수 있고, 때때로 좋은 기회이기도 하다. 아이가 자라면서 거짓말도 하고 변명도 많이 한다. 우리의 생활은 온통 변명인지 모른다. 약속을 해 놓고도 이러하고 저러하고 어기고 또 약속을 하고, 변명이 많은 사람은 한 번의 성공도 제대로 이룰 수 없다.

하기 싫으면 구실을 만들어서라도 피하는 게 상정이다. 그러려면 자연히 말이 많아지고 수다스러워진다. 말이 없어 답답하다는 소리를 여학교 시절 들은 적이 있다. 그러면 지금은 어떠한가? 내 자신이 수다스러워진 것 같다. 변명도 많아지고 그러다 보니 피하려는 것이 있어 지며 괜히 자신에게도 투덜댄다.

좀 더 솔직해 보자. 나의 어머니가 그러하듯 말이 없음에 시작해서 수다스러움까지…, 정말 하지 말아야 할 변명들을 묶어 버리자. 어느 사이 그 변명들은 존재마저 미워진다. 오늘은 또 어떤 변명으로 이어 가려나. 미움이 가득해지면 싫증과 회의가 밀려오고 자신이 왜 존재 하는지 모를 지경이다.

당당해지고 확실히 살자고 다짐을 해 본다. 며칠을 못 가더라도 말 이다. 지금껏 수많은 변명으로 이어져 오고 있지나 않았는지 자책감 마저 든다. 하고 싶은 건 과감히 하면 될 것을 변명과 핑계로 소홀히 보낸 것도 성격 탓이고 게으름이다.

필요한 말을 한다는 것은 콩 속에서 돌을 골라내듯 해야 한다. 습관 적인 변명 따위는 돌돌 말아 마음 깊숙이 묻어 버려야 할 일이다, 다시 는 꺼내지도 못하게…. 그동안 밀렸던 일을 하다 보니 게으름은 실패 한 사람의 친구이다. 그런 친구를 껴안고 살았구나, 갑자기 머리가 띵 해져 온다.

내가 해야 할 일들이 그렇게 많은지 몰랐다. 정리한다는 것은 참으로 힘들다. 물건 정리부터 마음의 정리까지 모두 정리할 것들이 산재해 있다.

또 변명으로 하루를 보내었다. 지독히도 더운 여름에는 더워서 못하고, 겨울에는 추워서 안 하고, 봄에는 피곤해서 안 하던 그런 일들이 너무나 많았다. 슬픈 일이다. 한 번의 마음가짐이 온통 변명뿐이었다.

아침에 일어나 신문을 보는 일부터 시작이 된다. 세상이 혼란스럽다. 경제란을 보면 답답하고 사회면을 보자니 더 답답해져 온다. 오락으로 넘어가면 즐기는 것도 소비라 힘들다. 어찌 되었든 변명도 많아지고 수다도 늘었다. 그것은 나이를 한 살 더 먹어갈수록 더할지도 모르겠다.

침착한 마음가짐으로 오늘도 수다스러움에 동참하면서 변명을 또 늘어놓을지 모르겠다. 참으로 계속되어지는 변명이다.

아름다운 일들

이상하게 잘한 일이기보다 당연히 해야 할 일에 찬사를 보내고 감동해 한다. 그만큼 정서가 메말라져 있다는 것인지, 아니면 자기만 생각하는 개인주의가 강해서일까 하루에도 여러 건의 사연들도 따뜻한 이웃을 소개하는 걸 본다. 세상사 마음먹기 나름이라고 했다. 기분 좋은 출발은 나 아닌 베푸는 마음에서 오듯이 무엇인가 나누어 주고, 같이 동참한다는 생각에서 온다.

봉사의 가장 기본은 베푸는 일과 나눔이다. 나에게 이득을 구하지 않는 베푼다는 것은 곧 착한 마음이다. 어떠한 조건이 없는 나눔이야말로 봉사의 마음이다. 길을 가다가 넘어지는 사람을 일으켜 세우는 것도 마음을 같이한다는 뜻이다.

간혹 봉사를 잘못 착각하는 일이 있다. 그것은 도와준다는 일에 생색을 내고 발표하는 일이다. 봉사로 하여금 내 존재를 과시하는 경우도 있다. 어려운 친구를 도와주려면 모르게 해야 하고 보이지 않게 해야 함에도 여럿이 있는 자리에서 말을 한다면 공이 무너지게 된다.

그것을 공치사라 하고 그런 일을 저지르는 사람들이 오히려 많은 걸 본다.

알아주기 바라는 마음은 봉사가 아니다. 여러 해 봉사활동을 해 오고 있지만, 마음이 가서 하는 일이고, 시간을 내는 일이다. 무슨 이득이 있어서가 아닌 기분이 좋아지는 일이다. 그 시간에 돈을 벌었다면 많이 벌지 않았을까 말하는 사람도 있다. 물론 그럴지도 모른다.

봉사는 마음을 다듬는 자세이다. 도덕적이지 않은 일을 저지른 죄인에게 사회봉사령 몇 시간, 교육프로그램 몇 시간하는 걸 볼 수 있다. 느껴보라는 일이다. 단 몇 시간에 사람이 변하는 걸 바라지 않는다. 봉사함으로써 느껴보고 양심을 가지라는 뜻이다.

'왜 봉사를 합니까?' 라 물어본다면 항상 이렇게 말해 왔다. 나를 위해서가 아닌 나의 주변 사람들이 더 행복해 보이고 가족들이 사회 어느 자리에서든 불이익 당하지 않고 대접받는 사람들이 되는 바람으로 한다고, 그런 생각으로 하다 보면 정말 보여지는 것 같다.

우선, 집안에서 향기 나는 말들로 시작이 되어지는 아침이다. 어떠한 교육보다 중요한 것은 부모가 보여주는 행동이다. 그런 생각으로 일을 해 왔고 항상 불의에 협조하지 말라 말해 왔다.

크게 성공하길 바라는 일보다 바르게 서길 원하는 마음이다. 조금만

양보하고 마음을 다듬다 보면 일도 잘 풀리는 것 같다.

길가다가 모르는 길을 물어 왔을 때 잘 알게 설명해 주면 상대도 나도 기분 좋아지듯이 모든 일은 나눔이라 생각한다. 좋지 않은 말을 하면 하루 종일 아니, 여러 날 기분이 찜찜하다. 반성하는 시간이 말한 시간보다도 몇 배로 되돌아 마음을 아프게 한다.

어제는 빗방울이 떨어지는 날이었다. 오전 내내 흐리더니 비가 오기 시작했다.

인사캠페인에 나선 일에 시간이 앞당겨져 일찍 끝내었다. 시간을 내어서 함께한 회원들에게 고마움을 느끼면서 점심을 달게 먹었다. 일하고 난 다음의 밥맛이 나쁠 리가 없었다.

아름다운 모습은 마음에서부터 오고 모양새가 다듬어지며 모습에서 나타낸다고 해야 할까. 나누는 기쁨을 또 한 번 느껴본 하루였다.

며칠 전 상스러운 말을 꺼낸 나에게 나 스스로 실망하여 마음을 괴롭혔다. 아무리 화가 난다 해도 침착해야 하는데 왜 그랬을까, 나는 그것 밖에 안 되는 사람인가 하여 몹시도 괴로웠다. 마음이 요즘 불안정해졌던 것 같다. 괜히 먹는 약을 탓해 보며 자신을 달래었다.

항상 아름다운 일만 하지 않을 수 있나 궤변을 해 보았다. 정신을 차리고 나니 나의 존재가 너무 작아 보인다. 다듬고 다듬어서 아름다운 일들에 매진해야겠다.

오늘은 비가 와도 참 좋은 날이다.

보랏빛 인생

무슨 빛깔의 꿈을 꾸시나요? 가끔 동화 같은 질문을 하거나 받을 때가 있다. 그저 꿈속에서나 생각하는 것들을 표면에 올리게 되면 막연히 이루어지지 않는다 하고 말할 수 있다. 단지 꿈만이 아닌 현실에서 꿈은 이루어지기도 한다. 색깔 중에 보랏빛은 환상, 종교에서는 회개, 우리의 생활에서는 고독하다는 빛깔 중에 하나이다.

연보랏빛 도라지를 보면 가냘프지만 뿌리는 맵고 달다. 연보라색, 푸른 감이 도는 하얀 꽃 속에는 부끄러움과 희망이 숨어 있다. 쓴맛은 병을 다스리는 약이 된다. 봄과 가을에 보랏빛은 더없이 아름다우며 나풀거리는 스카프에서 우아함이 보인다. 그러나 누가 간직하느냐에 따라 느낌은 달라진다.

보랏빛이 고독이라고 한다면 그것은 생각하는 시간을 가지게 되며 조용히 지낸다는 암시이다. 우리는 간혹 사실이 아닌 것에 지나치게 민감하다. 슬픔이 가득한 여인이 두르는 스카프는 더욱 고독해 보이지만 화려한 외모라면 더욱 멋지게 보이게 된다. 봄과 가을에 빠짐없이 등장하는 보랏빛이 유행에는 앞서간다.

보랏빛 인생은 화려하고 꿈같은 생활로 표현한다면 결코 나쁘지 않은 일이다. 보랏빛이 잘 어울리면 미인이라고도 한다. 색깔론을 말하는 것이 아닌, 우리는 꿈같은 세상을 원하면서 살고 있다. 주말마다 맞지 않는 로또지만 포기하지 않고 꿈을 꾼다. 나도 그런 사람에 속하지만 꿈을 가져야 행복함도 있는 것 아닐까 생각해 본다.

'당신은 무슨 꿈을 꾸십니까!'

오늘도 이루지 못한 것에 소원해 하며 희망을 가져보는 것이다. 그러니 묻는 사람이나 답을 하는 사람은 생각이 같다. 오늘이 아니면 내일, 아니면 이 순간을 꿈같이 살고 있다 생각해 보는 일은 결코 나쁘지가 않음을 안다. 나도 보랏빛 인생을 생각하지만 이미 삶은 보랏빛처럼 진지하고 오묘하며 베일에 감추어져 있다. 하나씩 껍질을 벗기면서 속고 속이고 산다.

내가 원하든 원하지 않든 자연은 하는 만큼 돌려주는 듯하다. 약속된 일이 어긋나도 실망을 하지 말고 희망을 가져보며 오늘의 삶에 보랏빛 커튼을 친다.

'무엇이 보랏빛 인생일까. 왜 사람들은 그렇게 말할까?'

내가 생각하는 보랏빛은 우아함과 자기만의 세계 속에 묻혀 고고함을 잃지 않는 모습이다. 나는 보랏빛을 좋아한다. 연보랏빛의 은은함과 푸른색이 도는 색채를 가까이 한다. 푸른색은 희망적이고 차분하며 짙은 색으로 갈수록 차가움과 냉정이 있다고 한다.

성격으로 보는 색깔론은 참으로 다양하고도 흥미롭다. 변덕이 심해지는 날에는 아마 붉은색과 노란색이 내 주위에 많았나 보다고 생각한다. 엉터리 추측이어도 좋다. 생각은 자유이고 표현도 자유이다. 나름대로 분석하는 전문가가 아니라도 마음은 이미 결정하고 있기 때문이다.

그렇다면 이왕이면 좋은 꿈을 꾸어보자. 이루지 못해도 상상하며 목적 달성한 것처럼 웃어보고 싶다. 오늘도 보랏빛 인생은 꿈이 아니라 현실이길 바라면서 거울의 나를 보며 위로해 보는 것이다. 보랏빛 인생은 바로 나의 것이니까.

길을 나서는 나의 발걸음이 갑자기 경쾌해졌다.

빗소리가 좋다

빗소리가 좋다. 아스팔트에 부딪치는 탁음이 멜로디처럼 들린다. 연일 비 오고, 무더운 날씨에 습한 바람까지 짜증나기 쉬운 여름 장마가 계속되고 있다. 여름은 심술궂은 아이처럼 이랬다저랬다 한다.

몸을 뽀송하게 하고 외출을 하지만 금세 끈적거림에 기분도 안 좋아진다. 오랜만에 만나고 싶은 친구들도 전화 수다로 달래며 인내심을 기른다.

지하철 안의 모습은 다양해서 사람 구경하는 것도 시대의 단면을 보여주기도 한다. 혼자 즐기는 방법도 다양해졌다. 점점 자신만의 영역을 쌓아가는 것 같다. 만나지 못하는 사람들의 울분은 가끔 변이적인 이탈로 보일 때가 있다. 특히 젊은이들의 참지 못하는 성격이 표출되기도 한다.

문득 나의 젊은 시절을 회상해 보며 시대가 만들어낸 환경 탓을 안 할 수가 없게 된다. 툭툭 버릇없는 행동들이 마치 특권처럼 아무렇지 않게 보일 때 우리의 정서는 점점 시들어 간다. 지리한 장마는 끝나겠지만 남아있는 잔상들이 이맛살을 찌푸리게 한다.

먹다 남은 음식처럼 여름제품은 천대를 받고 구석으로 치우쳐진다.

올해로 21년째인 에어컨은 웬일인지 그동안 고장 한 번 없이 집안을
시원하게 해 주고 있다. 여름의 잔상들이 군더더기처럼 느껴질 때 지
루해져 옴은 마음도 시들해졌다는 것 아닐까.

가을의 문턱이 그리워져 마음부터 설렌다. 나에게 가을은 항상 기대
감으로 차있다. 늦여름의 능소화가 멋들어지게 피어 늘어지면 가을이
멀지 않았음이다. 가을엔 할 일이 많고 시간은 짧다. 잠깐이나마 운치
를 느끼다 보면, 멀리 달아나는 가을이 미워진다.

끈적거리는 여름의 살갗이 흔적을 남기듯 얼룩져 있을 때 가을의 준
비는 시작된다. 나에게 가을은 이루어 내는 결정같이 새삼스럽기만
하다. 부스스해진 얼굴을 다듬고 머리도 단정히 한 다음 정장을 걸쳐
보는 다가오는 이 가을엔 무엇으로 풍만하게 나를 만들어 볼까. 가슴
에 가득한 미련 따위는 만들지 말자.

뜨거운 여름이 아직도 남아있는 지금, 멀리 바람이라도 쐬러 갈까,
아님 구석에 틀어 앉아 지독히도 힘든 일이나 할까. 혼자 김장을 하다
가 어깨가 아프더니 아직도 진행중이다. 약간 통증이 있긴 해도 불편
이 없다 보니 치료도 하지 않고 그냥저냥 보내게 되었다. 미련스런 나

이기도 하다.

또 한여름이 가면 버릴 것이 쌓인다. 왜 그토록 버릴 것이 많은지, 정리해도 비워내지 않으니 그런가 보다. 갑작스런 빗소리에 새들이 숨었는지 조용하다. 내일 아침엔 요란스럽게 노래하겠지. 새파란 화초 잎사귀를 보며 이 여름에도 크고 있구나, 새로운 잎이 돋아나고 큰 잎들이 늘어지기 시작했다.

물방울 머금으며 초롱초롱 싱그럽다. 가을로 접어들면 가장 예민해지는 화초들을 보며 가을이 다가옴을 알게 된다. 남아있는 여름을 싱그럽게 즐겨 보며 계획도 세우고 실천을 해야겠다고 꼭꼭 다짐해 본다. 갑자기 빗소리가 요란해져 창밖을 내다보니 어둡고 바람은 조용하다.

뜨개질하고 책을 놓지 않았던 친정엄마가 문득 스쳐 지나간다. 무엇이든 열중하던 그 모습이 아련하게 생각난다. 포기하면 포기가 되고, 희망이 있으면 희망스러워지는 생각, 그토록 좋아하던 책은 항상 손에서 멀리 있지 않았다. 삼국지 소설을 너무나 재미있게 읽고 얘기를 해 주던 모습은 나의 본보기 지침이 되었다. 그 시절 그렇게 보낸 친정엄마도 옛사람이 되었다.

이번 가을에는 꼭 한 가지라도 이루어내야지 다짐해 본다. 가을에 떠난 친정엄마가 그리워진다. 이번 여름에도 난 아무것도 이루지 못함에 허무해진다. 몸이 힘들어져서 의욕이 많이 떨어졌다.

다행스럽게 병원에 가지 않음에 감사해 한다. 덜컹 겁이 날 때도 있다. 유전적 요소가 있는 만큼 조심해야 할 한 가지가 있다. 신경이 곤두설 때는 더욱 그러하다. 충분한 잠이야말로 보약인 것 같다. 머리가 아프면 겁이 덜컹 나기 때문이다.

가을에는 종합검사도 하고 멋지게 보낼 가을을 위해 게으름을 피우지 말아야겠다며 달력에 동그랗게 표시도 해 두었다. 나에게 남은 인생은 언제까지일지 모르나 차곡차곡 쌓아 미련을 두지 말아야겠다며 일어나 빗소리 나는 창문께로 다가가 본다.

거리는 쌩쌩 차들로 요란스럽다. 살아있다는 존재감으로도 벅찬 오늘이다.

120

바람이 불었다

무슨 바람, 살갗을 스치는 바람에 우린 기분 좋아한다.

바람 불어 좋은 날이건만 우리는 그 바람에 안 좋은 이미지도 껴 넣는다.

'바람이 났대요.'

어디서 들어 본 말, 흔히 남녀 간의 부정적인 행동을 이야기할 때에 쓰이기도 한다. 바람 불어 좋은 날이 있는데도 그렇다. 좋은 일에도 바람이 있다. 유행이 있다면 바람을 따라 쓰여진다. 생각지도 않은 일에 행동할 때에도 무슨 바람이 불어 여기까지, 하며 말을 한다. 무슨 뜻으로 쓰여도 우리는 잘 알아듣는다. 계획을 하지 않았던 일인데 갑자기 행동을 할 때에도 바람 얘기를 한다.

오늘은 좋은 날, 무엇인가 해도 좋은 날이라면 나도 바람 따라 다녀 볼까나. 옆에서 여행 얘기하면 그 말에 쏠리고, 쇼핑에 구경 가자 하면 괜히 들뜬다. 누구라도 만나 수다를 떨어야 된다면 그렇게 하고 싶어진다. 그러나 우리는 안다. 무엇이 좋고 나쁜지를…. 무엇보다 내가 가지고 있는 한계라는 것이 있어서 자중을 하게 된다.

때로는 좌절하기도 한다. 나이 먹을수록 얘기하는 내용이 한정되어 있다. 건강, 취미, 음식, 잘 사는 것이 과연 무엇인지 연일 건강에 좋은 약을 쫓아다니게 된다. 지루하다. 사람 사는 일이 순서가 있는 것일까. 신선한 과일도 오래되면 부패한다. 영글어 가는 열매처럼 사람도 그랬으면 좋겠다.

봄과 여름이 지나고 가을이 오듯 얼굴에도 가을이 깃드는 듯하다. 서서히 늘어지는 피부처럼 탄생과 죽음은 피할 수 없는 순환이다. 뜨거운 바람이 분다. 이 더운 바람은 사람들을 지치게 하는 습한 바람이다. 며칠 뜨겁고 습한 공기가 맴돈다.

묵혀 두었던 물건에서 나는 냄새와 탁한 공기에 머리가 무겁다. 며칠 전에 산 계곡에 가서 물놀이를 즐겼다. 자연이 주는 혜택에 감사하며 하루 반나절을 놀다 왔더니 개운하면서 무척 피곤했다. 체력이 점점 떨어짐을 느끼면서 나도 어쩔 수 없는가 하며 스스로 고개를 끄덕이게 된다.

지루한 생활에서 오는 무료함은 무언가 바람이 불어야 한다. 신나게 재미있는 일을 만들어 하든지, 아님 열심히 몰두하는 일에 취미를 붙이든지, 생각만 하다 보니 더 고루해진다. 연일 알면서도 게을러지는 것은 어쩔 수 없다. 몸이 따라 주질 않기 때문이다.

병원에 가는 일도 부지런해야겠다. 하나씩 고장 나기 시작하면 어느 사이 무너져 내린다고 선배들이 얘기한다. 그래야겠다. 더 재미있는 인생을 살려면 노력하고 실천하는 일만이 순서이다. 그래서 사람들은 '너도 나이 먹어 봐라! 잠깐이다' 라고 한다.

'웬 나이타령!' 하며 웃었지만 정말 그런 날들이 온 것 같아 놀랜다. 몸이 떨린다. '왜? 내가!' 하면서, 남은 시간도 좋은 바람이 불어야 마음도 가벼우리라. 그 바람 얘기를 하고 생각을 하다 보니 한나절 머릿속에는 바람 바람, 바람뿐이었다.

신문을 읽느라 한 시간을 소요한 뒤에 몸을 정리하며 일어섰다. 커피 한 잔도 하고 정신을 차린 다음에 몸을 정갈히 하고 좋은 바람 따라 생각도 따라가야겠다.

'오늘은 내가 왜 이럴까? 갈팡질팡 헛바람이 든 것 아닐까?'

그랬다. 괜히 이런저런 잡생각에 분명 헛바람이었다.

'요즘은 무엇이 대세인가! 무엇이 유행인가! 어떤 사람들이 뜨고 있을까.'

TV를 보면 혼란스럽다. 나도 어느 자리에서 빛나는 사람이 되지는 못하더라도 뒤처지지 않는 사람이 되어야겠다며 눈을 크게 뜬다. 마침, 딸내미가 요란스럽게 들어선다.

'마미! 마미! 뭐해용!'

결혼을 안 하겠다며 독립한 딸이 대견스럽기도 하지만 미안하기도 하다. 부모가 더 노력해야 되질 않았을까. 요즘 세대는 결혼이 필수가 아니라 하지만 왠지 걱정되는 마음은 피할 길이 없다. 어떻게 살아갈지 왜 걱정이 안 되겠는가. 세상이 변하고 시대가 변해도 혼자 사는 것이 잘한 일인지, 잘못 하는 일인지 모른다.

선택권에 있어 모두를 가질 수 없겠다고 생각된다. 결혼을 못 하는 것보다 안 하는 게 유행처럼 그것도 바람이 불고 있다. 어떠한 바람이든 좋은 바람이 불어 마음도 포근하게 해 주었으면 좋겠다.

'아! 바람 불어 좋은 날이 올 거야. 나의 마음에도…'

사치와 집착 그리고 변덕

　지금은 아니고요. 오늘은 부지런히 옷도 다려 입고 안 하던 화장도 살짝 하면서 무슨 중요한 약속이라도 있는 듯 서둘러 전화를 끊는다.

　안부 전해 오는 사람이 고맙기만 하다. 하루를 기분에 산다고나 할까. 우리는 늘 그렇게 말하곤 한다. 기분에 죽고 사는 인생이라고 해야 할까. 모두가 각자 다른 성격으로 살고 있지만 기분만큼은 참으로 중요하다.

　아침의 기분이 저녁까지 좋을 수는 없지만 주문이라도 걸어야 하지 않을까. 나름대로 하루의 시작은 몸이 따라줘야 즐겁고 힘들지 않은 시간을 보낼 수 있다. 핑계대기만 하다가 하루를 덧없이 보내면 너무나 시간이 아깝다. 신체의 호르몬 탓도 해 보고 나이 먹음에 익숙하듯 그냥 시간을 죽이고 있는 건 아닌지, 갑자기 그런 생각이 들면 불안하고 초조해진다.

　혼자 자는 싱글들이 많다 보니 세대 흐름도 변하고 삶의 방식도 달라지면서 무엇이 소중한지 모를 지경이다. 아파트와 오피스텔을 합친 아파텔이란 것이 요즘 인기가 있는 모양이다. 알 수 없는 이름들의 미니 빌딩들이 여기저기 불쑥불쑥 생겨난다. 참으로 편리한 구조가 시선을 끈다.

세상은 참으로 많이 변하고 있다. 너무 편리해져 가는 것은 그만큼 달라지는 세상이 오고 있는 것 같다. 요즘 들어 부쩍 한 곳에 집중하지도 못하고 변해가는 것만 눈에 들어오다 보니 마음도 심란해진다. 좋은 것과 아주 좋은 것 그리고 보통 아님, 특별한 것을 분리해야 하는지 따라서 등급도 생겨난다. 사람들의 등급도 매겨지듯 겉치레와 실속은 너무도 차이가 난다.

사치는 무엇일까? 형편에 맞지 않다고 생각하는 일이라기보다 누구나 사치는 부려도 좋다고 생각한다. 가지지 못한 것에 대한 불만보다 눈높이만은 사치를 해도 좋다고 생각한다. 생각의 사치는 더욱 그렇다고 본다. 생각은 고고하게 꼭 가져야 만족스러움은 아니라고 본다.

오늘은 눈높이를 높게 하면서 나도 허세를 부리는 모양을 가져 보았다. 생각의 차이에서 커다란 공간이 생긴다. 오늘 난 호화스러운 눈 호강을 했다. 가지지 못하지만 최신 유행 흐름을 느끼고자 백화점도 들러 보고 전기제품 코너도 돌아보면서 너무나 고급지고 편리한 제품들을 구경했다.

앞으로 더 좋아지는 세상에 사는 세대들은 편리해진 생활에 한층 속도를 낼 것이다. 힘들게 살아온 그 전의 생활에 종지부라도 찍듯 필요함에 더해 사치는 더해 간다. 다행히 나는 명품에 애절한 매달림도 없고 편하고 멋진 스타일을 즐기는 편이다.

명품이란 분명 사치일까? 생각의 차이가 있겠지만 요즘에 와서는 투자라고 말한다. 금값이 고공행진하면서 사치이기보다 투자로 사들인다고 한다. 금값이 오르는 건 불황일 때 더 오른다고 하는데 지금이 불황인지 너도 나도 마음은 똑같다. 장롱 속에 잠겨두었던 금붙이는 비상금이었다. 어려울 때 큰 도움이 되는 금은 사치라고 볼 일은 아니지만 주렁주렁 매달고 다닌다면 그건 자신에 대한 사랑을 넘어 과시이며 불필요한 사치이다.

하루에도 몇 번씩 변덕을 부려 보고 사치스런 생각도 해 보는 일은 흥미롭고 유쾌하기도 하다. 남자와 여자에게서 사치와 변덕은 남자보다 여자의 특권같이 생각되는 건 옛 이야기이다.

요즘은 애완동물을 기르면서 미용과 먹이까지 보기엔 분명 생활의 일부분이 되어버린 사람들에게 남녀가 따로 없다. 마음을 나눈다고 생각하기에 돈이 아깝지 않은 것이다. 물건을 보면 살까 말까 선택에 혼란을 겪으면서도 꼭 필요하지 않은 것에 대한 소유욕은 사치임에 틀림없고 낭비이다. 그러나 가지고 싶은 변덕스러운 마음은 밉기까지 하다.

어느 날 꼭 가져보고 싶은 물건을 대할 때 마음은 흔들린다. 똑같은 물건을 여러 개 가지고 있다거나 진열해 놓는 것은 애착이 넘쳐 집착이다. 수집이란 것도 그 분야가 될지도 모르겠다.

모으지 말라고 한다. 많이 쌓아 놓으면 그건 성격이라 무엇이 편한지는 사람마다 다르기에 뭐라 말할 수는 없다. 나에게 맞는 생활은 무리하지 않으면 좋은데 그 정점을 어디에 두는지 자신만이 알 수 있다.

조금 사치도 부려봐야 모자람과 넘침의 차이를 안다면 행복도 따라다닐 수 있다고 생각하면서 마음이 기쁘면 조금만 허영이 아닌, 집착도 아닌 약간의 사치도 괜찮을 성 싶다고 스스로 위로하며 다독여 본다. 오늘 내가 변덕을 부린 사치는 어디쯤에 와 있는 것일까. 마음 한 편에서는 벌써 새로운 사치를 생각하고 있다. 아무래도 내일이면 새로운 변덕이 생길지 모르겠다.

6부

쓸데없는 일의 조각들

뜨겁고 습한 바람이 분다.

어디 한 군데라 할 수 없이 온몸에 느껴지는 답답함이었다. 그것은 날씨보다 마음이 더 답답해져 오는 것 아닐까 한다. 그랬다. 마음이 답답하면 몸에 쉽게 전해져 온다.

긴 여름이 시작되고 지루한 날들이라 생각하면 하루가 길게도, 아님 언제 여름이 가나 하겠다.

세상의 모든 것에 법칙이 있다 보니 기다리지 않아도, 오지 말라 해도 순리를 벗어날 수 없는 것처럼 시간은 말하고 있는지 모른다.

갑자기 쏟아지는 비에 순간 한없이 맞고 싶은 생각이 들었다. 울퉁불퉁한 도로에 구두가 까이고 발바닥이 아프다. 하필이면 이 더위에 돌아가셨나.

하루에 아침엔 결혼식, 오후엔 강의실, 저녁엔 장례식장에 가는데 옷을 바꿔 입는 것보다 검정으로 통일하고 나선 날, 난 너무 힘들어 비명이 저절로 나왔다.

저녁엔 퉁퉁 부은 발 주무르며 준비를 단단히 해야지 생각했다. 제대로 차려 입는다는 것은 예의이며 갖추어야 할 것임에도 잘 지키지 못하는 사람들도 많다. 그저 편하게 생각하며 신경도 안 쓴다면 질서가 없어질 것이다. 남들은 그렇다 해도 나는 지켜야 했다.

하루의 일상을 쫓다가 끝나는 시간까지 잠들기 전까지 계속되는 일들에 우린 즐거운 시간과 함께 힘든 시간도 같이한다. 요즘엔 하루의 연속이 꼭 영화 같다.

오랫동안 소식 없던 친구가 연락해 오고, 멀쩡했던 친구가 아프다 하고, 잊어버린 물건도 찾고 생각하지 못한 일이 생기고 꿈같은 일도 있다.

세월이 흐른 것일까. 뒤늦은 고백도 들어보고 잘 살아야겠다고 말하지만 잘 사는 것이 무언지 우리는 아는가? 꿈같은 일들은 안 일어날까? 로또라도 당첨되면 무엇부터 먼저 할까, 질문을 던진 적 있다.

인생역전이 손바닥 뒤집듯 일어나는 일에는 반드시 위험이 있다. 우선 감정조절이 잘 되질 않아 허둥댄다고 한다. 나도 생각을 해 봤다.

무엇부터 할까 하고. 집 없는 사람은 집을 살 것이고, 차 없는 사람은 차부터 살 것이다. 물질적 풍요로움은 정신을 피폐하게 만든다는 역설이 있다. 온갖 상상을 해 봐도 우선 할 수 있는 것은 필요한 것부터 사는 일이다.

하지만 나누어준다는 생각은 항상 내가 먼저 하고 싶은 일이다. 기쁨을 나누어준다면 같이 기쁘지 않을까. 꼭 필요한 사람들에게 나누어주고 싶은 생각은 변함이 없다.

그러나 사람들은 그런다. 막상 되면 안 그렇다고. 주위에서 그런 말하는 사람은 자신도 믿지 못하기 때문이다. 나눔의 기쁨을 아는지 말이다.

사람들은 약속한 대로 실행을 할 의무가 있다. 신이 인간을 만들 때 변덕이란 것을 슬며시 집어넣고 근심도 넣었다고 한다. 마음의 조절도 자신이 하는 것이니까 구태여 호르몬의 이상이라고 말하지는 않았으면 좋겠다.

지루한 여름의 끝이 끝나면 심란하다는 가을의 풀벌레 소리를 빨리 듣고 싶어 안달이 날지도 모르겠다.

왜 여름은 지루한 생각만 드는 것일까. 흘리는 땀방울에도 즐거움이 있는데 답답해져 옴은 고리타분한 생각이다. 문제를 제기하면 풀어야 하고 매듭을 지어야 한다.

결정의 순간은 매일매일 다가온다. 어디를 갈 것인가 무엇을 해야 하나 등등…. 쓸데없는 일들은 퍼즐을 맞추기도 힘들다. 조각조각 펼쳐보면 산만해진다. 책임질 수 있는 일만 생각하자. 오늘도 쓸데없는 일만 한 건 아닐까 생각해 보니 허탈함이 온다.

매끈한 손을 거칠게 다루어 보자. 하나라도 쓸데없는 일은 피해 갔으면 좋겠다는 마음이다.

비밀과 비밀 지키기

아침부터 부랴부랴 밥을 챙겨먹고 옷도 단정히 차려입고 나선다. 오늘은 중요한 모임에 중요한 약속이 있다.

'오늘은 어디로 행차하시나요?' 묻는 아들의 말에, '비밀이다!' 하고 내던지듯 말했는데…. 글쎄, 그렇게 비밀도 아닌데 뭘 비밀이라고 했을까 싶다.

신혼시절 장난끼 많은 신랑을 놀려 주기 위해 궁리를 하던 중 잘 써먹는 말이 있었다.

'오늘 저녁에 할 말이 있으니 일찍 들어오라' 고 하면 눈이 휘둥그레지며 '무슨 일이냐' 고 묻는다. 그럼 '비밀이다!' 라고 말하고는 손가락으로 입을 가린다.

그럼 하루 종일 생각한단다, '내가 무얼 잘못 했나' 하고. 아님 '서운하게 한 일이 있나? 그럼 뭐지. 몰래 아무 짓도 안 했는데…' 등등, 이런저런 상상을 하다 저녁에 마주하면 잔뜩 긴장하면서 눈치를 본다.

'말해 봐요. 뭐지?'

사실 특별하게 할 말은 없었다. 긴장하게 만드는 일에 재미를 들였던 나는 가끔 그렇게 놀라게 했다. 그런 걸 알면서도, 그럴 때마다 속아 넘어가는 신랑이 재미있었다.

지금도 아이들에게 가끔 '할 말 있으니 저녁에 보자' 그러면 또 궁금해 하면서도 '별일 아닌데 그렇겠지' 한다. 병원의 검진결과를 기다리는 일은 긴장되고 불안함을 감출 수 없는 것처럼, 별일 없다는 말을 들을 때까지 긴장할 수밖에 없다.

정말로 큰일은 조심스럽다. 안 좋은 결과를 말할 때까지 나도 긴장되지만 오히려 침착해진다. 겪어야 할 일이라면 부딪쳐야 하고, 이겨내야 할 일이라면 마땅히 싸워야 한다.

비밀스런 문을 열고 들어가면 모든 것이 비밀이다. 하지만 그것은 혼자만이 알 때이다. 둘이라면 비밀이라 말할 수 없다. 언제고 비밀은 밝혀지는 법이다. 너와 나의 비밀이라면 끝까지 지켜져야 한다. 그럼에도 불구하고 비밀이란 깨어지기 마련이다.

말하고 싶고 알리고 싶어서 마음이 요동치고 입술이 근질거리기 때문이다. 말해야 될 것 같은 기분이 드는 이유는 간직하기엔 벅차다고 생각하기에 표출하고 만다. 무덤까지 가지고 간다? 그런 말을 하며 약속을 해도 약속은 지키는 것과 깨기 위한 일인지도 모른다.

135

사람들은 오늘도 굳게 약속한다.

'지키자. 너와 나만 알자! 지켜내자!'

그런데 왜 그토록 알리고 싶어 할까? 나타냄으로써 묘한 최고의 기분을 맛본다는 것이다. 남의 비밀을 알아냈을 때 혼자만 알고 있을까? 누군가에 알리고 싶은 것이 사람 마음이다. 그래서 언약이란 최후의 수단이자 방어일 수도 있지만 공개됨을 인식해야 한다.

나중에라도 공개될 것을 가정해서 얘기해야 한다. 세상에 비밀은 없다고 생각하면 처신도 잘 해야 하고 말도 조심해야 한다. 비밀스런 일에 비밀을 얘기하고, 숨길 만큼 숨기려면 철저하게 하든지…, 누굴 믿는다고 하는 것은 오래가지를 않는다.

세상의 모든 사람들은 알면서도 '이것은 비밀이야!' 하며 속삭인다. 지금 말할 수 없는 일은 나중에라도 말하지 말 것이며, 기록도 하지 마라. 죽더라도 기록은 남으니 혼자 안고 가야 한다. 그래도 비밀이라고 말할 것인지? 그렇다면 사실적인 것만 얘기해 보면 어떨까 싶은 생각이 든다. 최소한의 뒷날을 생각해서라도 지켜보면 어떠한지 말이다.

아름다운 마음으로

누구에게나 양심이란 것이 있다. 스스로에게 부끄럽지 않게 산다는 것은 우리는 가장 기본적인 삶이길 바란다. 살면서 과연 부끄러운 마음 없이 살았다고 한다면 그건 대단한 일이다. 인생이 길어지면서 자신에게 물어보는 일들이 많아져 가고 있다.

최소한의 양심, 그리고 배려함과 아량이 얼마나 많이 우리에게 생성되어졌을까. 다급해진 생활에 익숙해진 지금은 빠르게 변하고 결과만이 보여짐으로써 더욱 초조해 하는 마음이다. 시작하는 것은 무엇이든 새롭게 느껴옴이 있어야 한다. 그 새로움에 매료되어 결과보다 과정에 많은 에너지를 쏟는다.

어느 날 문득 생각이 나서 시작하기도 하고, 계기가 있어 시작하기도 하지만 무엇보다 결심이 중요하다. 소소한 작은 일부터 자신에게 질문하며 오늘도 시작해 보면서 제대로 된 것이 없음에 놀라곤 한다. 오랜만에 소식 물어오는 사람이 고맙고 걱정해 주는 마음에 감사하게 생각한다. 내 스스로 좋은 것만 생각하고 이로움만 찾지는 않았는지 반성도 해 본다.

살다 보니 별것도 아닌 일에 목숨 걸듯 달려들고, 조금 상한 마음에 상처받은 마음 달랠 길 없었던 일들, 모두가 가까운 사람들한테서 생기는 일들이 더 많은 것 같다. 왜, 우리는 가까운 사람들에게서 상처를 더 받을까, 생각해 보면 보여지는 것에는 충실하기 때문인지도 모른다. 지나온 날의 일들이 뇌리에 남아있고 발전된 지금의 모습엔 칭찬과 격려가 인색하기 때문이다.

옛날에는 그랬었는데, 예전엔 어떠했는데, 하며 인색함이 있었기에 현실적인 것에는 다소 냉정함도 있기 마련이다. 하루만이라도 착한 일만 하며 살아보자고 생각한다면 의외로 쉽게 정리될 것 같다. 상대가 묻는 말에 대답은 잘 했는지, 나보다 못하다는 생각에 무시하는 언행은 하지 않았는지, 때론 옷을 잘 입어야 대접받는다고 생각은 안 했는지, 모두가 허황된 자부심은 싹이라도 키우지 말아야 한다.

지나친 친절은 주의해야 하고, 냉혹한 이기주의 앞에 스스로 겪어야 하는, 아름답게 살기란 다소 어려울 때도 있다. 있으면 나눠주고 적당히 산다는 것도 매우 어려운 일이다. 욕심을 버리면 자유로울 수 있겠지만 욕심 없이 성공하기란 힘들기 때문이다.

추운 겨울인데도 실내에서 피는 꽃들의 아름다움을 보며 언제 어디서나 딱딱하지 않은 부드러운 곡선을 본다. 색깔을 달리하며 새롭게 피는 꽃몽오리를 보며 희망과 부드러움을 본다. 미처 보지 못했던 꽃 잎의 화사함에 놀라며, 우리가 숨 가쁘게 살아가는 이 세상에서 자기만의 독특한 미소를 보여주는 꽃들에게 고마움을 느낀다.

내가 살아가는 작은 기쁨 중에 하나라고 해도 좋다. 햇빛이 눈부시게 창가에 내려앉는다. 오늘은 무엇에 집중했을까, 새로운 일들에 매진해야겠다. 해가 바뀌어 다시 일 년이 시작되는데 시간을 헛되이 보내지 말아야겠다.

남을 헐뜯고 끌어내리려 하는 사람들, 제발 자기 자신에게 충실했으면 좋겠다. 험해진 세상을 보면서 무엇을 추구하는지, 솔직히 누구를 위한 것인지, 세상 시끄러운 소리는 안 들었으면 좋겠다.

내 일이 아닌데도 피곤함이 몰려온다. 며칠 사이 여기저기 몸이 아프다 보니 무엇보다 중요한 것이 건강이라는 생각이다. 정신도 맑고 가벼운 몸은 나쁜 소리를 안 들어야 하고, 스스로 밝게 살아야 한다고 생각하면서 색깔 고운 꽃잎에 눈을 맞추어 본다.

아름다움은 생각도 하면서 마음을 곱게 물들이는 일이다. 쉬어감도 좋다. 바쁘게 살았다면, 조금 숨을 천천히 쉬어보면서 걸어야 한다. 숨 참기가 얼마나 힘든지 아는지, 병원에서 검사받을 때 우리는 경험한다.

'숨 참으세요! 숨 쉬세요!'

숨을 쉴 때 마치 눌려 있던 막을 걷어내듯이 시원하다. 이렇게 숨 쉬는 것이 중요하고 고마운 것을 평소에는 모르는 일이다. 가쁜 숨을 몰아쉴 때에 세상이 다시 보인다.

나쁜 마음은 멀리 보내 버리고 착한 마음을 가지려 하자. 그러면 모든 것이 아름답게 보여질 것이다. 그래서 하루로 빠짐없이 아름다운 마음으로 살아가 보려 한다.

편한 마음은 아름다움의 시작이다. 그래야 행복해지지 않을까 싶다. 그 전에 나쁜 마음이 있었다면 용서를 바라고 새롭게 시작해야 할 것이다.

아직도 내가 못 다한 일들이 있다면 용서를 하고 용서를 받는 아름다운 마음으로 살기를 간절히 기대하며 스스로 마음을 가다듬는다.

해가 바뀌어도 변하지 않은 것이 있다면, 그것은 쓸데없는 고집이라 믿는다. 고집, 고집은 때론 좋은 처방이 될 때가 있지도 않을까 생각하면 살포시 웃음도 나온다. 정말로 가지고 싶은 아름다운 마음으로 살아야겠다.

　편하게 살기 위해서는…!

여름날의 몽상

'몽상(夢想; daydream)은 인간을 인간이게 만들어 주는 매우 근본적인 요소이다.'

−「뉴스페퍼민트」(2016.4.1.)에서

뜨거운 여름 오후에 잠깐 졸았다. 잠깐 사이 꿈에서 한없이 환상적인 모험도 하며 시시덕거렸는데 현실처럼 느껴졌다. 이루지 못한 꿈은 때론 이루어졌으면 하는 환상 속에서 혼자 웃기도 하고 슬퍼하기도 한다. 여름이 길다고 느껴지는 것은 재미가 없기 때문인지 모른다.

'작년엔 뭐했지? 그 전 여름엔…?'

아주 오래 전에는 뭐했을까, 생각하며 상념에 빠진다.

고통스러운 일에 여름이 가기를 기다렸던 해도 있었고, 놀기에 바빠 여름이 짧게도 느껴진 적이 있었다. 혼자만의 상상을 꿈꾸기도 하며 많은 시간을 헛되이 보냈다고 생각한 적도 있었다. 특히 여름에는 그 증상이 더 심해진다. 그렇다고 병적인 건 아니지만 나만의 상상적인 일로 즐거워하기도 했다.

더 깊이 고뇌하고 더 깊이 사랑하며 인생의 요소를 두루 맛본다는 나만의 철학으로 말이다. 문득 가을이 오기 전에 여름에는 무엇으로 시간을 보냈나 하며 게으름과 변명으로 나를 변호하듯 혼자 중얼거렸다. 이런저런 상념에 빠진다는 것은 시간이 많아서가 아니라 나름대로 변화하는 시대에 어떻게 대처할 것인가, 내일이 걱정되고 모레가 장담할 수 없기에 그런지도 모른다.

거울을 보며 지난 해보다 조금 달라졌지만 마음만은 맑고 밝게 혼자만의 외침으로 이루어지지 않는 일보다 이루어내는 몽상이야말로 즐겁다. 내 마음을 조금 더 풍요롭게 할 수 있지 않았을까 하며, 사실 몽상이야말로 너무나 즐겁다. 항상 환상적이어서 혼자 말하고 느끼며 이루어내기 때문이다.

나이 어릴 때에는 항상 날다는 꿈, 세계를 돌아다니는 꿈을 꾸었다. 어른들은 꿈을 꾸어도 아이들처럼 맑지가 않다. 복잡한 세상살이에 혼탁한 일로 범벅이 된다. 잠시 그때 그랬으면 지금은 어땠을까! 스크린처럼 지나가는 일들을 회상도 하며 바꾸어 상상도 하는 쓸데없는 일로 아까운 시간을 낭비하고 생각도 하곤 하였다. 그러나 지금 생각을 해 보면 상상의 날개를 편다는 것은 환상이 아니라 아름다운 꿈이다. 자신을 더욱 다듬는 일이기도 하다.

여름은 오고 지나가고, 또 여름은 온다. 여름마다 깊은 몽상적 일에 혼자 기뻐하고 혼자 슬퍼한다. 못다 이룬 꿈에 또 상상도 하며 한 번도 해 보지 않았던 일에 과감히 시도할 수 있는 용기도 가지게 됨을 알았다면 헛된 몽상이 아닐 것이다.

이번 여름에도 나는 또 몽롱하게 즐겨본다. 현실은 아니어서 누구에게 들킬 염려가 없고 혼자만의 무대이니 마음껏 뛰어다닌다.

부모가 준 유전자로 그만큼 살고 그만큼 능력을 키운다. 내가 또 남겨줘야 할 유산은 무엇일까 생각하면 또 혼돈이 온다. 혼돈 속의 질서를 바로잡아 다시 원위치로 오면 자신이 보여진다. 부족한 자신을 알고 숙연해지며 갑자기 부모님의 가르침이 생각나 울먹이게 되고 자식을 낳아 기르지만 잘 해 준 것이 없는 것 같아 또 불안해지고 마음이 약해진다.

순식간에 마음은 열 스물로 점점 나락으로 떨어진다. 그러다가 한순간 번쩍 스쳐가는 내일이 있잖아? 현실에 적응하게 된다. 한여름 밤에 꾸는 꿈은 누구나 지루하거나 잠시 즐거울 수도 있다. 몽상적인 일이 현실에서 벌어질 일은 극히 드물겠지만 누가 아는가? 현실이 될 수도 있지 않을까, 또 몽상적으로 빠져든다.

　아무래도 여름의 몽상은 재미있을지도 몰라, 이번 여름이 가고 가을이 오기 전에 빨리 깨어나야지, 긴긴 여름이라 생각되어진다. 매미소리 요란한 걸 보니 여름은 깊어가고, 아침에는 풀벌레 소리가 들렸다.

　이제 몽상은 접어두고 가을을 향해 마음이 먼저 달려간다. 내년의 여름은 또 있으니까.

열정과 분노

열정과 분노 속에서 산다는 것은 힘든 일이다. 약속한 일을 금방 뒤집는 사람들은 과연 열정이 얼마만큼 있을까 생각해 본 적이 있다.

한 마디로 김 빼는 일이다. 기획을 하였으면 실행도 곧 따라야 하는데 쉽게 파기한다. 그것은 일의 열정이 아니라고 생각된다. 특히 단체 방에서 기획한 일은 신중해야 한다. 사람이 가볍게 보여질 수도 있다. 책임도 따라야 하는 일에는 더욱 신중해져야 함이다.

약속을 해놓고 당일 아침에 포기하는 친구도 있다. 아무나 일하는 게 아니다. 책임감 없이 일하는 것은 뒤처져 가는 일이다. 그래서 단체에서는 리더도 필요하고 뒤에서 돕는 사람도 있어야 한다. 속된 말로 맥 빠지는 일은 하지 말아야 한다.

우리는 생활하면서 크고 작은 일들에 기뻐하고 실망한다. 웃고 놀래고 분노하고…, 그러다 보면 누가 일을 잘 하는지, 누가 실수를 자주 하는지, 누가 믿음이 없는지 알게 된다. 열정을 가진다고 모든 걸 잘할 순 없다. 뒷받침되는 실행력이 있어야 한다.

세상에 쉬운 일은 하나도 없다. 식은 밥 먹기라는 옛말도 요즘은 책임이 따른다. 식은 밥의 맛이 있겠는가, 생각해 보면 정성스럽게 지은

따끈한 밥이 좋은 걸 안다. 추진해 놓고 실행을 안 하면 없던 일로 된다. 얼마나 실망스러운가 생각해 보라. 어디를 가자고 해 놓고, 마음 다 흔들어 놓고 없던 일로 한다면 다시는 믿지 않게 된다.

오늘 나는 좀 황당한 일이 있었다. 하루의 일정 다 잡아놓고 기대하고 있었는데 추진하던 사람이 없던 일로 만들었다. 다시는 믿음이 안 가는 일이다. 그럴 수도 있겠지 하면 아주 편한 일이지만 그건 아니다. 없던 일로 하자! 간단하다. 과연 간단해지는 일일까.

분노는 해악이다. 화내지 않고 사는 사람은 도인이라 해도 어렵다. 마음을 다스리면 되는 일이지만, 그 마음이라는 것은 묘하게도 분위기를 탄다. 친구가 하자 하면 따라가고 분위기에 휩쓸리면 생각지 않았던 일도 생긴다. 분노는 아무 때나 보여지는 게 아니니 그것도 조심해야 한다. 가급적 이해하고 참아야 한다.

얼마 전 제주에 여행을 다녀왔는데 비행기가 연착이 되자 사람들은 참지 못하고 목소리를 크게 높였다. 그렇다고 늦어진 비행기가 빨리 오는 것도 아니지만 서울에서 저녁 약속 시간을 놓쳤다고 난리였다. 개인 사정은 이해하지만 그 시간에는 어쩔 수 없지 않은가?

한참 만에 비행기는 왔지만 불만의 소리가 여기저기서 들렸다. 안내 방송으로 기장이 두 번이나 죄송하다고 사과 말을 했지만 마음들이 불편해 보였다. 아이들처럼 운다고 말 들어주는 것도 아닌 현실에서 분노는 잘 다스려야 한다. 나는 잘 참았다. 다행히 특별한 약속이 없었고, 집에만 가면 되니까 느긋했다.

소리소리 지른 사람은 아마 목이 쉬었을 것 같았다. 조금 실망스런 일이 생기더라도 잘 참았다. 참는 것도 매우 중요한 일이다. 조금만 마음을 다스리면 편안해질 것을…, 열정만큼은 강해도 분노는 높이지 말아야 건강에도 좋다. 화난 사람은 심장이 두근거리고 혈압도 올라간다.

나도 때론 분노를 느껴봤지만 돌아오는 건 마음만 상하는 일이 된다. 그래서 식지 않는 열정을 갖고 많이 베풀고 배려하는 마음을 가지려 한다. 아침부터 바쁜 시간으로 참으로 긴 하루였다.

열정과 침묵 사이에서

'아무래도 그래야겠다. 뭘?'

열심히 계획을 밤새도록 하고, 다 이루어 놓은 것처럼 해 놓고 간밤에 잠이 들었지만 아침에 보니 모든 것이 맞지를 않았다. 무엇 때문이었을까. 과정이 충실하지 않았기 때문이다.

성급한 마음에 결정하는 일은 참으로 실수하기 십상이다. 성격이 말해 주는 일인지도 모른다.

부랴부랴 다 해 놓고 후회한다. 아무튼 요즘 난 그러한 일들이 반복되고 있다. 일은 빨리 하지만 거칠다. 날씨가 뒤죽박죽 추웠다 더웠다 하는 것처럼 요즈음 나의 마음도 그러한 것 같다.

눈이 예년보다 많이 와서 걱정하고 추워져서 몸이 힘들지만 예년에 비하면 겨울은 겨울다워야 멋이 있지 않을까 생각하면서 오랜만에 모피도 꺼내어 입었다.

모피도 동물사랑으로 생각하면 입어서도 안 되는데 여자들은 왜 모피를 좋아할까? 통계에 의하면 여자들의 모피사랑은 포근함, 우아함, 부의 상징처럼 몸을 감싸고 싶어 한다고 한다.

미안한 마음을 가진다면 모피시장은 없어질 것이다. 신나게 놀고자 하는 아이들의 장난처럼 어른들도 마찬가지이다. 그 많은 생각을 실천으로 옮기는 일은 하나라도 제대로 이루고자 하는 마음이 절실하기 때문이다.

하루하루의 소중한 시간을 물 흘려보내듯 보내는 것 같아 애석한 마음이다.

우리들의 부모가 자식을 낳아 키우고 독립시키고 늙어간다.

똑같은 일들이 계속되지만 요즘시대에는 부모보다 자신이며 그야말로 자유로움을 찾아 살려고 한다. 누가 누구를 걱정하는가. 첨단과학 속에 빠르게 변해 가는 생활방식도 나이든 사람들에게는 버겁게 느껴질 것이다.

그래서 변해 가는 만큼 또 배워야 한다. 무수히 많은 기계음 속에 지배당하지 말고 지배하며 맘껏 누려야 한다. 우물쭈물하다가는 골방 신세가 아니라 외롭게 살게 된다. 무엇을 열심히 하겠다는 열정만큼은 강한데 제대로 실행을 못한다면 하나마나 답답한 생활을 해야 할지도 모른다.

오늘은 외출을 하면서 장보기도 척척 정보에 빨라야 함을 느끼며 새

로움을 느껴 본다. 도전적인 마음도 가져야 새로움도 가지게 되고 일
이 창출된다. 온갖 뉴스 선전 광고에도 귀 기울이며 같이 가고자 하는
마음은 같은 시대를 편하게 살기 위함이다.

　말도 안 하고 가만히 있으면 아무것도 해 주지 않는다. 침묵은 금이
라고 누누이 귀에 익숙해지도록 배웠는데 요즘시대는 침묵이 대체할
수 있는 것은 선택 사항이 되어 버렸다. 머리가 아프도록 도전하는 경
쟁의 사람들은 누구를 위해 일하는가. 사회를 위해서일까, 그건 자신
을 위해서이다.

　낯설은 기계 앞에서 우리는 더 친숙해질 것이다. 더 편리해진 생활
에서 찾는 즐거움과 만족스러움은 모두가 좋아할 일이다. 전자제품을
살펴보면서 너무나 좋은 세상에 살고 있음을 느낀다.

　더 풍요롭고 편리하고 고급스러운 생활을 하고자 열심히 살고 있는
우리들에게 자연은 말한다. 파괴하지만 말라고…. 숲이 있는 장소를
찾아가면서 나무를 베고 훼손하는 일, 역행하는 일들로 가득하지만
같이 가고 있다.

　오늘의 외출로 나는 내가 가지고 품고 있던 생각들이 왠지 초라하게

느껴졌다. 그러나 가지고 있는 열정은 몸을 뜨겁게 하고 설레게 한다. 계속해서 움직이고 나를 사랑하며 도전해야겠다고 스스로에게 채찍질을 해 본다.

침묵은 금이다. 그러나 움직이지 않는 침묵은 아무 일도 못한다고 말이다. 때론 혼란스러울지 모르지만 포기하지 않는 열정만큼은 나의 것이리라.

오늘의 하루는 참으로 많은 희열을 느꼈다.

우연과 필연의 교차점에서

이건 우연이 아니야, 필연적인 것이야! 무엇을 생각하면 항상 연결 짓는 것이 있다. 오늘은 어디서 누구를 만나고 누구와 이야기를 나누며 목표를 가짐에 있어 아무렇지 않게 행동하는 일 중에 떠오르는 일들이 있었다.

사실 모든 것은 우연에 인한 필연적인 것인지도 모른다. 부모를 선택해서 만날 수도 없지만 선택은 자기만의 고집이라 말할 수도 있겠다. 젊은 날의 고집으로 잘 된 일이라면 하고 싶은 일을 했을 때 만족해 하지만 우리에게 꼭 해야겠다고 다짐하며 하는 일이 꼭 성공적이지도 못함이 있다.

나는 우연히 친구 따라 간 곳에서 인연이라 할 수 있는 배우자를 만났다. 이건 순전히 우연이고, 그 다음은 나의 선택에 따라 필연으로 연결 지어졌다. 꼭 해야 할 일이라면 필연적이라 생각해 본다. 살면서 후회라는 것을 많이 해 봤다. 선택을 잘못 해서일까? 하고 싶은 것을 미루면서 핑계를 대고 이루지 못함에 후회를 하고 운명처럼 받아들여지는 것이라 생각하기도 했다.

순전히 자신의 잘못임에도 책임이 없는 것처럼 인연은 우연이라 말하기도 하기도 하지만, 엉켜져 있는 실타래를 하나하나 풀어가는 일처럼 힘든 일을 풀어가는 과정이라 생각해 봤다. 좋은 선생님을 만나면 인격 형성에도 도움을 주지만 앞날의 결정에도 큰 힘을 발휘하는 것 같다.

어른이 되고 나이 듦에 따라 이루어져 가는 사회생활에서 누구를 만나느냐에 따라 운명적인 일이 생기는 것이니 우연히 만난 사람에게도 허술하게 지나칠 일은 삼가고 매사 교훈적인 일은 귀담아 들어야 실패도 적을 것이다.

무엇이든 인연으로 생각하고 만나는 사람은 없을 것이다. 생각지도 않은 사람을 다시 만났을 때 당황해 본 적이 있는가? 무심히 그 우연이란 것에 깊이 생각할 필요는 없을 것 같다. 죄를 짓지 말고 살고 싶지만 알게 모르게 우리는 죄를 많이 짓는다고 한다. 부모에게, 친구, 이웃에게도 때론 상처를 주고 산다고 한다.

나는 후회를 안 하기로 했다. 모든 일에 최선이었다고 억지 부려 본다. 그나마 다행인 것은 자신을 조금씩 알게 된다는 사실이다. 살면서 수많은 사람들과의 접촉과 지나침에서 모자람은 누구에게나 있다. 좀 더 노력할 것을 조금만 더 생각했어도, 필연적인 결과에 너무 얽매이지 않기로 했다.

세월이 흘러가듯 시간이 흐름에 게으름만 조금 줄인다면 우연을 멋지게 장식할지도 모른다. 한 발 한 발 내딛는 발걸음에 힘을 주고 걷는다. 나를 스쳐가는 사람을 한 번쯤 쳐다보고 아는 사람의 모습이면 인사도 살짝 해 보면서 처음 나선 길처럼 유쾌하게 길을 걸어보는 것이다.

어제의 우연은 오늘의 필연적인 요소로 다가올지도 모르겠지, 생각하며 그동안 어떻게 살아왔든 고맙고 감사한 일에 예의도 갖춰보기로 했다. 심장의 소리가 쿵쿵 들려왔다.

무엇을 기대하고 살 것인가가 아닌, 소중한 우연이란 것에 친해져야 필연적인 교차점에서 행복함이 연결될 거야, 하며 실없이 혼자 웃으며 또 걸었다.

수많은 사람들은 행운을 바라며 그 행운이 자신에게 많이 오길 바라면서 산다. 이루지 못함도, 이루어짐도 그건 우연일까? 노력해도 안 되는 것이 있다고 한다. 과연 꼭 해야 할 일이 있다면 그건 필연적이라 생각하고 끝까지 노력해야 한다. 가장 소중했던 우연히 다가온 기회를 우리는 매일 놓치고 살지는 않는 것인지도, 꽃이 피는 이유도 자기 할 일을 하기 위해서라면 세상에 와서 해야 할 일에 무심히 지나친 일은 없었는지도 곰곰이 생각해 보는 오늘이었다.

내가 오늘 왜 우연과 필연을 생각했을까. 그건 일종의 후회스러움 때문이었는지도 모른다. 나를 있게 해 준 부모님이 오늘 따라 생각이 나고 그리워진다. 오늘 따라 하늘은 비밀이 많아 보였다. 모든 걸 알고 있는 듯이 나에게 있었던 필연적인 것들에 하나씩 점을 찍어본다. 알 수 없는 일들이다. 왜 우연히 생긴 일들에 신경 써야 할까, 그냥 지나치기로 했다.

항상 그랬듯이 마음이 가는 대로 생각이 머무는 곳이 길이기 때문이다.

어차피 또 후회할지도 모르겠다.

| 작품해설 |

수필의 문학성 제고, 혹은 생태수필의 전형
– 박경희 수필집《능소화는 또 피었는데》를 중심으로

김 재 엽
(문학비평가, 정치학박사)

피천득(皮千得, 1910~2007) 선생은 그의 대표작 〈수필〉이라는 수필에서 "수필은 한가하면서도 나태하지 아니하고, 속박을 벗어나고서도 산만하지 않으며, 찬란하지 않고 우아하며, 날카롭지 않으나 산뜻한 문학"이라고 정의하였다. 그러면서 "수필은 글 쓰는 사람을 솔직히 나타내는 문학 형식으로 독자에게 친밀감을 주며, 친구에게서 받은 편지와도 같은 것"이라고 하였다.

그리고 〈수필〉은 피천득 선생 특유의 '수필로 쓴 수필론'으로서 "소설과 달리 수필은 플롯이나 클라이맥스를 필요로 하지 않는다"고 강조하면서 병렬적인 구성 방식에 따른 표현, 제재와 형식, 수필을 쓰는 마음가짐 등을 문학적으로 표현하고 있다.

바로 박경희 선생의 수필 전반을 간단명료하게 설명해 주는 멘트라

고나 할까, 박경희 수필집《능소화는 또 피었는데》에 수록되는 대부분
의 작품에서 필자가 보고 느낀 소감을 그대로 대변해 주는 구절이라
하겠다.

흔희들 수필을 '붓 가는 대로 쉽게 쓰는 글' 정도로 인식하고 있다.
하지만 한 편의 명수필을 읽고 난 후 마음 속 깊은 곳으로부터 뜨거운
감동을 느끼게 되는 것은 다른 어떤 장르(genre)의 문학작품을 읽는 것
과 바꿀 수 없는 감격이 따로 있기 때문이다.

문학이라는 넓은 땅덩이에는 시가 설 자리, 소설이 설 자리, 희곡이
설 자리, 수필이 설 자리가 따로 존재한다. 작가가 같은 경험을 가지고
시, 소설, 희곡 그리고 수필 등 각기 다른 양식을 빌려 쓰면 각기 다른
성질의 문학작품, 다른 장르의 작품이 되는 것이다.

그러므로 수필의 본원적인 특색으로서 '붓 가는 대로 쓰는 글' 이라
는 이 말은 아무렇게나 또는 아무런 내용으로 써도 된다는 뜻이 결코
아니라 그 구성(플롯/plot)부터 압박을 받지 않고 매우 '자유롭다' 는 의
미가 장르적 특징이 된다는 말이다.

그렇다면 문학에서 장르를 구분하는 특색은 무엇일까. 우선 외형적
인 특색으로 운문(verse)과 산문(prose)으로 구분되는데 운문이 축소문
학이라면 산문은 확장문학이고, 운문으로서 시가 극도의 함축문학이
라면 산문으로서의 소설은 원고의 길이도 길이지만 내용적으로 '구성
(플롯)' 에 있어 매우 치밀하고 섬세한 특징이 있다고 볼 수 있다.

흔히 소설론을 펼 때 소설의 4대 요소로 인물(character), 주제(theme),
구성(plot), 배경(setting)을 기본적으로 말한다. 소설을 '픽션(fiction)' 이
라 부르고, '있을 법한 일' 을 적는 글이라고 하지만 줄거리 구성(플롯)

에 있어서 대단한 요구와 압박을 받는다. '기승전결(起承轉結)'이라는 대충의 공식이 있긴 하지만 소설의 성패가 구성(플롯)에 달린 만큼 그 압박은 실로 엄청나다고 하겠다.

산문으로서 소설은 가공(架空)의 세계를 진실의 세계로 동화시켜 흡수시키는 작업이고, 수필은 사사로운 일에서 출발하여 공명(共鳴)의 세계에까지 확대시키는 작업이다. 가공의 세계를 진실의 세계로 승화시키는 데는 그 구성이 치밀하지 않으면 안 되며, 소설에 있어 그 가공을 진실로 보이게 하려면 무엇보다 구성의 효과를 노리지 않으면 어렵게 된다는 것이다.

아무튼 본고에서는 박경희 수필집《능소화는 또 피었는데》를 비평의 대상으로 정한 만큼 가급적 수필만으로 제한하고자 한다.

우선 수필 장르의 외부적 특징은 무엇일까. 수필은 소설과 같이 산문에 속하지만 그러나 그들은 엄격히 구분된다. 원고의 길이도 길이지만 수필은 소설과 달리 구성상 심한 압박을 받지 않는다. 그렇다고 수필에 구성이 필요 없다는 것은 아니고, 수필의 구성은 소설의 구성과 성격상 전혀 다르다는 것을 말하는 것이다.

영문학에서 플롯(plot)이라 하면 어디까지나 픽션의 줄거리를 전제로 하는 구성을 말한다. 예컨대 소설이나 희곡에서 구성을 '플롯'이란 용어로 사용하지만 수필에 있어서는 '기승전결'이 있는 줄거리의 '플롯'이 아니라, 짜임(frame)이나 얼개(structure)라는 용어를 사용한다. 하지만 내용상 기승전결의 구조로 쓰여진 수필이 독자들에게 깊은 감동을 주는 것만큼은 확실히 공감이 된다.

그럼 여기서 박경희 수필집의 표제작인 〈능소화는 또 피었는데〉를 소환해 보기로 한다. 사실 2013년 『지구문학』 가을호 수필부문 신인상 당선으로 등단한 박경희 수필가는 아직 시집을 출간하지는 않았지만 시인으로서 먼저 등단한 문인이시다.

등단 후 이학영 박사가 개원하여 주관하는 고려대학교 평생교육원 생태문학작가 아카데미를 수료하고 한국생태환경연구원 협력이사로서, 또 고려대학교 자연생태 환경전문가, 지구문학작가회의 부회장으로서 생태환경과 관련 깊은 작품 활동을 해 왔다. 그리고 한국생태문학회 작악회의 일원으로서 '민들레사랑'을 작시, 예술의 전당 콘서트홀에서 발표하며 '대한민국 자랑스런 문화인상'을 수상하기도 한 재원이시다.

200자 원고지 10매 전후의 비교적 짧은 수필을 써 온 박경희 작가는 작품마다에 나름대로의 '기승전결'을 기본 플롯으로 내재시켜 읽는 재미를 더하고 있는데 자연에서 쉽게 접할 수 있고 또 서정미 넘치는 제재를 선택함으로써 수필의 문학성 또한 제고시키고 있다.

박경희 수필가는 표제작인 〈능소화는 또 피었는데〉에서 "요즘 길을 가다 보면 아파트 담장에서, 고속도로의 방음벽에서도 줄기가 늘어져 있는 주홍빛 능소화를 볼 수 있다. 흔하게 널려져 있는 그 꽃은 생명력도 강하고 줄기가 나무에 박혀 기둥을 삼으면서 늘어지는 모습은 퍽 아름답다"며 '능소화'의 기본 속성을 언급하며 '기(起)'의 단계로 이야기를 시작한다.

이어서 이야기의 강도를 높이는 단계인 '승(承)'으로 "옛날 임금님의 사랑을 받다가 다시 오지 않는 임을 사모하고 기다리다 지친 궁녀의 죽음"으로 생겨난 꽃말인 '애절함', "주홍빛 잎 꽃잎 안의 독은 무엇을 감추려 함은 아닌지, 그 독을 잘못 만지면 눈이 먼다고 하기도 하고, 그 독은 물가에 떨어지면 물고기가 살지를 못한다고 하니 아름다움과 화려함은 누구를 위함인가" 반문하며 던지는 '고독'과 '수줍음', 그리고 "비가 내리면 화들짝 놀라 줄기줄기 흔들어대며 꽃잎이 부서져 내린다. 하루에 한 번이라도 지나가면 보게 되는 능소화를 나의 기다림으로 보았다"며 결혼과 이어지는 인연에 가족간에 생겨나는 다양한 '기다림', 그 기다림으로 점철된 지루하고 때로는 안타까운 인생사를 잔잔하게 술회한다.

그러면서 새로운 변곡점인 '전환의 단계'인 '전(轉)'으로 "자식들은 이제 결혼을 해야 할 시기인데 인연이 쉽게 이어지질 않는 안타까움이 있다. 성격이 좋으면 얼굴, 직업도 마음에 들어야 하고 따지는 것도 많다. 요즘 젊은이들은 쉽게 결혼을 하지 않으려는 이유는 경제적인 부담도 있지만, 직업이나 성격이 무엇보다 좋아야 한다"고 전제하면서 '마음씨'도 언급하고, 또 "딸은 결혼에 관심이 없다고 하고 혼자 살겠다는 말까지 서슴지 않는다"며 요즘 세태를 살짝 비판하기도 한다. "그렇지만 하루아침에 번복하리라 믿어본다. 미루어지는 일들에 조급하게 생각하지 말고 편안하게 기다릴 것이다. 나의 자식들도 모두 좋은 일"이 있으리라 기대하며 웃음으로 다짐한다.

그리고 마지막으로 택한 '결(結)' 구로 "이번 여름에는 기다림의 소식이 꼭 있지 않을까 기대하면서 그런 마음으로 길을 걸을 때에는 능소화도 멀리서 웃고 있는 듯하다"면서, "능소화는 이번 여름에도 또 피었는데 너의 화려한 모습이 요즘은 더욱 아름답"다고 미화한다.

위와 같이 문학수필의 플롯으로 '능소화는 또 피었는데'를 분석해 보았는데 요즘 세태 반영의 의미에다 삶의 애환을 가미시킨 수필로서 입지를 공고히 다지고 있으며, 이 수필집에 함께 수록되는 30여 편 모두의 구성이 매우 단단하게 짜여져 있음을 느끼게 된다.

소설가로서도 많이 알려진 구인환(丘仁煥, 1929~2019) 교수는 '수필을 쓴다는 것'은 "마음 속에 얼룩지는 앙금과 사색의 여적을 적어 놓는 일"이라고 정의하였다. '마음의 앙금과 사색의 여적'이란, 생활에서 겪은 일, 자연 현상이나 사물을 대하면서 마음 속에 갖게 되는 생각들을 말하는 것으로 수필을 쓰기 위해서는 이러한 생각들을 놓치지 않도록 기록해 두어야 한다는 것이다.

그리고 이러한 기록을 바탕으로 수필의 제재를 정하고, 그 기본적인 주제에 따라 배열하는 것이 바람직하며, 이 때 수필의 적절한 짜임과 표현을 염두에 두어야 한다고 강조하면서 집필할 때 더욱 중요한 요소로, '기법에 너무 얽매이지 말고 솔직하고 담백하게 개성적으로 쓰는 것'을 강조하였다.

수필을 쓸 때 생짜 그대로의 경험을 서술하는 사람이 어디 있겠는가마는 자기의 경험에다 문학의 요소가 듬뿍 배인 아름다운 옷을 입혀야 비로소 읽을 만한 수필이 될 것이다. 환언하면 경험을 미적(美的)으로 승화시켜야 되는 것이다. 가공의 글이 아니라 해서 심미적인 글이 안 된다는 논리는 성립하지 않는다. 문학은 오로지 미(美; beauty)를 추구하는 예술분야이기 때문에 다른 장르의 문학과 같이 수필도 절대로 예외일 수가 없는 것이다.

예술의 본질이 미의 추구이고 궁극적으로 수필도 미의 추구라는 목적에 부합되어야 하는데, 수필을 장르성이 약한 문학으로 치부하는 것은 잘못된 생각이다. 어쩌면 독창성이 가장 강한 문학이 수필일지도 모른다. 한 편의 아름다운 수필을 읽고 그만큼 큰 감동을 받는 것은 수필이 갖는 고유의 특성이라고도 볼 수 있기 때문이다.

더불어 생태수필 혹은 환경수필에 관심이 깊은 박경희 선생께서 이 분야 전문가로서 독보적인 전형(典型)을 마련하는 과정에서 미적 추구라는 수필 고유의 특성을 적절히 활용하기를 기대해 본다.

능소화는 또 피었는데

지은이 / 박경희
펴낸이 / 김정희
펴낸곳 / 지구문학

03140, 서울시 종로구 종로17길 12, 215호(뉴파고다 빌딩)
전화 / (02)764-9679

등록 / 제1-A2301호(1998. 3. 19)

초판발행일 / 2023년 6월 15일

ⓒ 2023 박경희 Printed in KOREA

값 15,000원

E-mail/jigumunhak@hanmail.net

※잘못된 책은 바꿔드립니다.
※저자와의 협약으로 인지는 생략합니다.

ISBN 979-11-91982-06-0 03810